Leonora Carrington

〔墨西哥〕莉奥诺拉·卡林顿↓著　付裕↓译

The Hearing Trumpet

魔角

GUANGXI NORMAL UNIVERSITY PRESS
广西师范大学出版社
·桂林·

图书在版编目(CIP)数据

魔角 /(墨)莉奥诺拉·卡林顿著;付裕译. ——
桂林:广西师范大学出版社, 2023.8
书名原文: The Hearing Trumpet
ISBN 978-7-5598-5847-4

Ⅰ.①魔… Ⅱ.①莉… ②付… Ⅲ.①长篇小说 –
墨西哥 – 现代 Ⅳ.①I731.45

中国国家版本馆CIP数据核字(2023)第035703号

著作权合同登记号桂图登字: 20–2022–258 号

MO JIAO
魔角

作　　者:(墨西哥)莉奥诺拉·卡林顿
责任编辑:彭　琳
特约编辑:苏　骏　夏明浩
装帧设计:汐　和　at compus studio
内文制作:常　亭

广西师范大学出版社出版发行

　广西桂林市五里店路 9 号　邮政编码:541004

　　网址:www.bbtpress.com

出版人:黄轩庄
全国新华书店经销
发行热线:010-64284815
北京华联印刷有限公司印刷
开本:787mm×1092mm　1/32
印张:9.5　字数:126 千
2023 年 8 月第 1 版　2023 年 8 月第 1 次印刷
定价:70.00 元

如发现印装质量问题,影响阅读,请与出版社发行部门联系调换。

目 录

The Hearing Trumpet
魔 角

contents

目 录

contents

Introduction 导 读

第一次读《魔角》时，对其作者，我一无所知，于是我就在这种"无知"状态下邂逅了这部篇幅短小的小说，获得了绝妙的体验。比如，我全然不知莉奥诺拉·卡林顿当过画家，不知她一生大部分时间都侨居墨西哥，不知她年轻时和最伟大的超现实主义艺术家之一的马克斯·恩斯特有过一段情。但这本小书无法无天的语言风格和荒谬反常的内核给人以强烈冲击，让我久久无法忘怀。

　　在我看来，虚构作品有两大特质是尤其令人震惊和感动的：开放式结局与狂野的形而上学。

　　第一个特质是结构性的。拥有开放式结局的书刻意让主题和思想不受限，使之略显含混。它们赋予我们美妙的空间，让我们可以做出自己的猜测，寻找关联之处，努力思考、阐释。这一阐释的过程便能产生巨大的求知之乐，它也能如好友一般激励我们进一步探索。这类书没有命题，可它们能引出某些我们以前绝不会想到的问题。

依我想来，第二个特质——狂野的形而上学——关乎一个十分严肃的问题：我们一开始为何读小说？不可避免，众多真实的反应包括：我们读小说，是为了以更广阔的视角看待地球上的人类所遭遇的一切事情——个体经验太有限，我们存在于世太无助，无法理解宇宙的复杂与庞大；我们渴望近距离观察生活，一窥他人的存在——我们与他人有任何共同之处吗？他们和我们有哪里相似吗？我们正在追寻一套彼此认同的公共秩序，每个人都是这块织物上的一针。简言之，我们寄望小说提出一些假设，或许能告诉我们世界的本来面目。可能听上去仍是老一套，但这是个形而上的问题：世界依据什么原则运行？

我认为，实际上，这恰是所谓类型小说和非

类型小说的区别所在——在我本人所处的文学年代，这个问题受到了热烈讨论。真正的类型小说为我们呈现清晰可辨的视角，采用的都是有着熟悉的哲学设定的现成世界观。非类型小说则旨在为其创造出的宇宙设立自己的法则，描绘自己的认识论地图。爱情故事、谋杀悬疑和驶向另一星系的远征传说，皆是如此。

《魔角》无法被归类。自小说的第一句话起，它就为我们呈现了一个受自生法则支配的、有着内在一致性的宇宙。与此同时，它会对我们从未停下来质疑的事情发表令人不安的评论。

在父权体制中，迈入老年的女人变成了比她年轻时更烦人的存在。正如父权社会构想、编造了成千上万条规范、规则、守则，以及各种形式的压迫来规训年轻女性，它们以同等的怀疑和厌恶对待老年妇女（她们已然失去撩人的情色力量）。这样的社会中的成员，在保持表面上的同情之时，带着一种隐秘的满足感，无限回味年长女性从前的美丽，同时思考时间流逝留下的痕迹。年长的女性被推入社会性消亡，从而被进一步边缘化；她们通常生活困窘，被剥夺了所有影响力。她们变成了对任何人而言都无关紧要的次等生物；社会除了容忍她们、（极不情愿地）给予她们某些关照之外，无所作为。

这就是小说开头玛丽安·莱瑟比——《魔角》年迈的叙述者——的境况。她富有生命力，但听力不佳。并且她受到了双重排挤——首先是作为一名女性，其次是作为一名老年女性。其性格最核心的一点就是她和整部小说共有的一个特质：古怪（当一名年迈女性不再扮演好心奶奶的角色，她便可以选择古怪模式）。确实，让一位失聪老妇扮演叙述者、女主人公、思想内核，并且让整本书都讲述一群古怪老太的故事，从一开始就表明，这部小说将是一个极度怪异、激进的事件。

从定义上看，古怪之事即偏离常走的路，"处于中心之外"——在习以为常的规范之外，偏离所有被认为不言自明的事。变得古怪，即以全然不同的视角看待世界，该视角既偏狭又边缘——遭排挤，被边缘化——同时还富有启发性与革命性。

家人送玛丽安去的机构或养老院的管理者是甘比医生及其夫人。这个地方也很古怪，里面有一系列奇葩建筑——一朵毒蕈、一间瑞士小屋、一具埃及木乃伊、一只靴子、一座灯塔——不可思议，荒诞至极，就像从博斯[1]画作里蹦出来的，或者说就是一场梦的游园会。但在这里，古怪可被认为象征着我们对待老年人的那种态度——压迫，居高临下，如对待小孩一般。"甘比"（gambit）一词源于意大利语词"gambetto"，字面意思为"瘦小的腿"，也出现在词组"dare il gambetto"中，意为"绊倒"或"密谋"。甘比夫妇是和他们一样虚伪的社会中伪善、自负的代表，他们的行事方法可归结为"为了他们好"。甘比夫妇始终知道，对受他们监护的人而言，什么是正确和健康的，让他们受制于一种

1　博斯（Hieronymus Bosch，约 1450—1516），尼德兰画家，被认为是 20 世纪超现实主义的启发者之一。——若无特殊说明，本书注释均为译者注

定义不明的心理教育学说，鲁道夫·斯坦纳[1]的追随者信奉的教义与该学说别无二致。该学说最富喜剧性的例子就是书中的老妇人每日都得做的"运动"，或许是在致敬葛吉夫[2]的运动。

甘比夫妇的任务包括时刻观察、评判他们的社区成员，这是自我完善这一模糊的半宗教概念的另一特征，夫妇俩以近乎施虐的方式向成员灌输他们所犯之罪。正如甘比医生对玛丽安说的：

"关于你这个独特案例的报告显露了你的以下几种内在杂质：贪婪、虚伪、利己、懒惰、虚荣。其中最主要的问题就是贪婪，那是一种掌控一切的激情。你无法在短时间内克服如此之多的心理畸形。并非只有你受制于自己堕落的恶习，每个人都有缺陷，我们在这

---

1 鲁道夫·斯坦纳（Rudolf Steiner, 1861—1925），奥地利哲学家、社会改革家、神秘主义者，人智学的创始人。

2 葛吉夫（G. I. Gurdjieff, 1866—1949），亚美尼亚著名灵性大师，曾游学许多古老秘仪知识流传的地域。葛吉夫运动是一系列神圣舞蹈，是其门徒自我观察、自我研习的一部分功课。

里所做的就是观察这些缺陷，并最终借助客观体察和觉知来消除缺陷。

"你被选中加入这个团体这一事实，就足以激励你去勇敢面对自己的罪恶，并努力减少它们对你的控制。"

甘比夫妇的"善行"背后有着相当明确的经济动机。没错，甘比夫妇从他们声称要使之日臻完美的老人那儿赚钱。事实上，他们丝毫没有带着使命感在经营，只是为了谋生。通过援引贪婪之罪，卡林顿提醒我们注意宗教机构和经济之间极其虚伪的关联。

小说中的另一个怪人是卡梅拉——女主人公的挚友，据说灵感源自卡林顿的老友、同为画家的雷梅迪奥斯·巴罗。卡梅拉之所以可以在这世界上保有一席之地，是因为她是个富有的老妇，而人们最尊敬的就是财富和拥有财富的人。因此，卡梅拉享有无可争议的权力，可以做成某些事情。她在这家沉闷的收容所的出场充满戏剧性；她的想法不容置疑，操控其思想的不是理性而是想象力，以及一种与众不同的思维。在她的人物性格中，古怪升华成女神特质（Goddesshood）。

从二十世纪六十年代初到七十年代，莉奥诺拉·卡林顿一直积极投身墨西哥女性解放运动。她因设计了一幅描绘亚当和夏娃互赠苹果的海报而臭名昭著。同样地，在《魔角》里，卡林顿在创造有史以来最具独创性的女性主义文本的过程中，改造并颠覆了传统的、基础的故事。这本书启用了一种非传统的、形而上的秩序，从而让其叙事变得具有颠覆性和超现实感，是女性主义的典范之作。《魔角》直截了当地将古怪引入女性主义讨论，将其作为父权视角合情合理的替代选择：凡古怪之事皆能体现女神特质。

在我们的时代，很久以前，女神便被其（卡林顿所谓）"不育的兄弟"逐出了中心；如今，她的王国处于感知领域。尽管如此，在"不育的兄弟"

热爱的二元对立——要么/要么、本地人/外地人、黑/白——暴露出其有限性的地方，女神总是在场。他们以最简单、最粗暴的方式来组织一个复杂的世界，并获得掌控它的权力。按照他们的逻辑，要让一张过短的床能装下一个过高的病人，唯有砍掉他的脚，而非找一张长一些的床。

我认为女神特质即受文化与自然之多重财富深化和拓展的女性特质（womanhood）。女神是一个强大的原型，其存在本身就是对父权结构的纯粹挑衅。难怪世界上许多地方的女性都被要求遮住她们的脸和身体。女性的身体机能正如她们的肉体存在一样，似乎本该是这世界上最自然之事——却始终是个问题，是不可讨论的事。诸文明创造、施行众多机制来控制女神；文明或许就可由此机制来定义。

当女性要求得到她应得的——认可其力量和权力，认可其本身的女神特质——她就会被驱逐到地下室，监禁在地牢里。意识遭剥离，她便失去了说话的能力，只能"低语"——正如《魔角》中低语的圣杯。她变得词不达意、含混不清。她不能（或不愿）使用拗口、矫饰的父权用语、小品修辞、精雕细琢的句子，以及备受文化仲裁人（他们高高凌驾于关押懊丧女神的地牢之上）推崇的对艺术的疏离思考。其语言粗鲁、无礼，完全不符合人们的典型认知，而是狂野、可笑、古怪、不羁的。人们通常认为她的语言令人费解，结果便是这种语言有时会被判定为媚俗。媚俗且缺乏品味——女性太常遭受这样的指控。似乎约瑟夫·康拉德说过，评判一本书质量的最佳标准，就是看女性是否喜欢它——因为女性只能喜欢糟糕的文学。好吧，我必须坦承，我非常喜欢康拉德的作品。真心实意。

好了，就这样吧。媚俗是我们的海洋。这一切周期循环、月经和反复发作的偏头痛。咒术密语、治病草药以及对自然之力的稚气信仰。对动物不健康的爱，多愁善感，喂养流浪猫。过度的保护欲，好管世间一切闲事。种在小罐子里的那些花，那些小花园、蜀葵、破布、蕾丝、缝纫、针织、浪漫小说、肥皂剧、"女性文学"、"情感丰沛"，以及被指控心志不坚——数世纪以来，我们都被迫背负着这一罪愆。厌女之作数量庞大，似无穷无尽。在现代社会，在一个完全父权化世界，我们只能讽刺地谈起女神，像挂在甘比夫妇餐厅墙上的画作中的女院长一样挤眉弄眼，带着隐藏的奸笑，半严肃，半嘲弄。几千年来，她都承受着大肆驱逐与放肆奚落，所以她只能如此隐秘地表达自我。多少与女性经验有关的主题遭到边缘化，受到嘲弄与奚落，或干脆被弃置不理？这是个值得深思的问题。几百年来，女性都在厌女的、父权制的宗教中被抚养长大，这些宗教都在一定程度上公然歧视女性。她们投身的文化从来没有完全属于她们，甚或直接与她们对立。少女初长成，便不断有人教导她们，她们低人一等，虚弱不堪，力有不逮，或者在其他方面有缺陷。她们成长于无处不在的厌女迷雾中，常常被蒙上面纱，自我意识未完全觉醒，这是文化、语言、形象、人际关系、历史和经济的内在特性。仅在最近几十年，原本被边缘化到近乎不存在的真正的女性故事，才开始缓慢、坚定地试图挣扎而出。当故事终于在那个被侵占的世界登场时，它会发现自己无话可说。

莉奥诺拉·卡林顿看到了女性这一具有颠覆性的古怪姿态。不管是在她的绘画还是写作中，她都能以绝妙的方式呼应安德烈·布勒东的理念：需要使艺术与炼金术或神秘学结盟。她随意使用我们欧洲的奥秘奇幻秀，但规避了常常与之相伴的浮夸的庄重感。

《魔角》是一个神秘文本；它谈及遭错置、被遗忘的隐秘之事。为能完全理解这个故事，读者须对其使用的典故有一定的了解，即便它从魔术箱里掏出各种震撼人心、出人意料的故事是为了嘲讽此种能力。

女院长的媚眼应在此书以后的每版封面上永存；它应成为此书的标志，就像玛丽安的耳聋一样。两者一起组成了如何接近这部小说的说明书。在书的开篇，卡梅拉给了玛丽安一个助听号角，神奇的是，它能让她选择自己听到的东西。那个媚眼是在告诉我们将一切都放入引号中，去相信"仿佛"，神话与文学所依赖的正是这个"仿佛"。自此，我们就将这样跟随莉奥诺拉——调皮、媚俗地眨动一只眼，对于她为我们呈现的一切，只看表面意义。

而她奉上了一台大戏——此书是一场真正的嘉年华。揭晓抛媚眼的女院长就是唐娜罗莎琳达·阿尔瓦雷斯·德拉奎瓦的那一刻，女神便登上了《魔角》的舞台。从这一刻起，现实与虚幻、庄严与荒诞、崇高与荒谬便融入了小说超现实主义的肌理。模仿艺术让历史发出乳白色的光，此书沿着不断增多的典故小径发散开去，充斥着晦涩的流行文化，有关于圣杯、圣殿骑士和抹大拉的马利亚的故事，还有大量架空的人类历史——长久以来，各种民间宗教团体一直在鼓吹他们自己版本的历史真相。

抛媚眼的女院长的故事就是盛装生命灵药的圣杯的故事，圣杯的合法主人便是女神（她以各种不同的面貌出现），"不育"的僧侣将其盗走，而后圣殿骑士将其藏在他们修道院的地下室中。只有女性才能让这份货真价实的宝藏重见天日，不过圣殿骑士似乎并不知道这一点。总的来说，抛媚眼的女院长唐娜罗莎琳达与玛丽安·莱瑟比的大敌都是基督教——对女院长而言，圣殿骑士团和冷酷主教就代表基督教；对玛丽安而言，基督教则是一种具有压迫性的新时代基督教思维模式，即无意义的自我否定和外部控制。

唐娜罗莎琳达拯救圣杯的故事是一系列奇异梦幻、出人意料的冒险。同时，这也是一个重夺控制权的故事，是一场反十字军东征，它使得被狡诈侵占的世界恢复秩序。在这个故事中的故事里，卡林顿创作了一场精彩纷呈的喜剧戏仿，模仿那些在沙漠中的罐子里找到的神秘文本，比如一九四五年发现的拿戈玛第经集。这一发现无疑重新激活了已经世俗化的二十世纪人类的宗教想象。她大量指涉诺斯替教派论集中的人物和名字，如皮斯蒂斯·索菲亚。

求知欲强且有耐心的读者会发现，书中的指涉涵盖面极广，不仅有诺斯替教派，还混杂了各种秘传宗教，有古有今。这样的读者会记下我们女院长的名字：唐娜罗莎琳达·德拉奎瓦（来自洞穴），塔耳塔洛斯圣巴巴拉修道院院长，与神秘、强大的巴巴拉斯（Barbarus）或芭碧萝[1]有关（考虑到她后面的冒险，这一联系很贴切），这样的人物——自然！——住在"普累若麻[2]的深处"（采用《约翰隐示录》中的诺斯替教派用语）。芭碧萝是原初的创造之力，她的子宫便是世界的子宫，她是舍金纳[3]和索菲亚合二为一的原型。她化身长胡子的女性、母亲-父亲以及原始人[4]，即第一个雌雄同体。卡林顿让《魔角》充满性别流动的人物——胡子女、异装者、变性人，仿佛在以此作为应答。在书中几个奇异的地球人中间，读者还将看到直接取自威尔士神话的塔利埃辛这一人物。他是女神的信使，第一个被赋予预言神力的人；书里的他是永生的邮差。

1　在诺斯替教派的典籍中，芭碧萝（Barbelo）是诞生自神的第一个实体，是普累若麻（精神世界，指上帝的居所和全部神权的所在地）中仅次于神的最重要的人物。

2　原文为"Pleroma"，在希腊语中意为"丰盈、完满"。

3　原文为"Shekhinah"，在希伯来语中意为"神之临"或"临在之神"。

4　原文为"Anthropos"，诺斯替教派用语，指第一个人类。

此外，《魔角》也是一部完全超现实的作品，写得如梦似幻——换言之，几乎没有连贯性可言，或者说缺乏强有力的因果关系。这里肯定没有挂在墙上的枪，所以也就不用期待它会在最后一幕掉落。[1] 一切恍若发生在梦里，事件发生的顺序也很微妙，前后关联若有似无。第一次提到玛丽安的朋友马尔伯勒的妹妹时，书里说她腿有残疾，后来又暗指她有两颗头，可当她最终于小说结尾处出现时，既不瘸腿，也没有两颗头，她只不过长着一颗狼头！这种另类的因果关系丝毫不会影响我们对这本书的体验，相反，它展现了卡林顿创作这部小说的过程——堆叠相继产生的想法，一个叠一个。随着叙事自我纠正，跟随故事展开的神秘之流就是一种纯粹的快乐。

---

1 指涉戏剧性原则"契诃夫之枪"：如果在第一幕中出现了枪，这把枪就应该在后面的情节中发挥作用，否则就没必要提及。——编者注

人老去，就变得古怪。一旦适应社会不再是必须，这似乎就是发展的自然规律，并且自此，个人和社群开始分道扬镳。实际上，或许老年是我们一生中终于能做自己的唯一一段时间，不用忧心他人的需求，也不用遵守我们不断被教育要听从的社会规范。最终，青春期时必须归属某个团体的义务也就不再适用了。

这就是为何《魔角》中的古怪哲学与年龄有关。可将其看作老年人逆时间之流，致年轻人的一条特别信息。我们必须做古怪之事。在所有人都在做**这**件事的世界，我们必须做**那**件事。当整个中心都在吵吵嚷嚷地建立自身秩序，我们就要待在边缘——我们绝不让自己卷入中心，我们会忽视并超越它。

因此，古怪被定义为一种自发、欢乐的反叛，反对一切既定秩序，反对一切被视为正常和不言自明的东西。这是向服从和虚伪发起的挑战。

最后，《魔角》是一本能带来极致愉悦的书。让我们享受共读这个荒蛮故事的机会，它讲述了这样一个故事：一位老妇人无法去拉普兰，所以拉普兰只得来到了她身边。

奥尔加·托卡尔丘克

（本文根据安东尼娅·劳埃德-琼斯的英译本译出）

The Hearing Trumpet
魔角

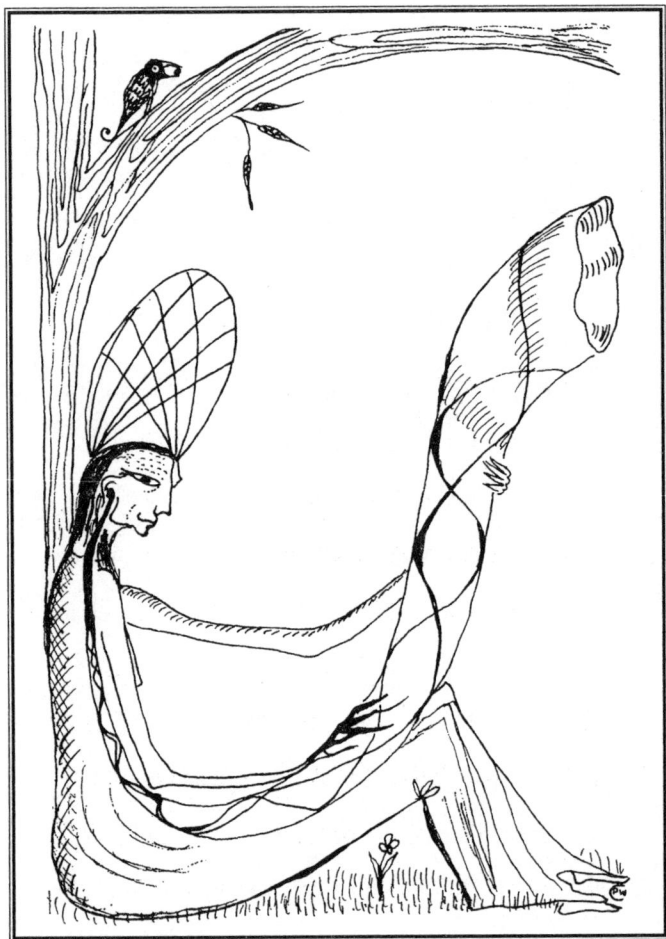

当卡梅拉送给我一个助听号角时，她或许已经预见到了某些后果。我不会说卡梅拉心怀恶意，她只是恰巧有一种奇异的幽默感。这号角确实是个中精品，就是不够现代。不过，它精美异常，包银，带珍珠母花纹，弯曲如水牛角，大气彰显。此物的美学呈现，不是它的唯一特质，这个助听号角的扩音能力强到连我都能将普通对话听得一清二楚。

　　在此，我必须说明，我的所有感官绝没有因年长而受损。我的视力仍佳，只是阅读时需要戴眼镜，不过实际上我从不阅读。确实，风湿病多少弯折了我的骨骼。可这并没有阻止我在温和的天气里散步，以及每周四清扫一次我的房间——一种实用且陶冶情操的运动。在此，我想补充一下，我认为自己仍是社会的有用成员，我相信，在恰当的场合，我仍能做到让人舒心愉悦。没牙且永远无法戴假牙这件事也没让我有一丝不爽，我又不用去咬人，而且有各种可吃的软食，不仅简单易得，还好消化。蔬菜泥、巧克力和浸过温水的面包，基本上就构成了我简单的饮食。我从不吃肉，因为我觉得不该剥夺动物的生命，反正它们的肉也如此难嚼。

我现在九十二岁，与儿子一家一起生活了差不多十五年。我们的房子坐落在一处居民区，若是在英格兰，这样的地方会被描述为"带小花园的半独立别墅"。我不知道这里的人怎么称呼它，很可能就是某个意思近似"带庭园的大房子"的西班牙语词。这话不对：这房子不大，而是窄小，也没有哪怕一丁点儿像庭园的地方。不过，这儿倒是有一个不错的后院，我与我的两只猫、一只母鸡、女佣及她的两个孩子、一些苍蝇和一株像仙人掌的龙舌兰共享这方天地。

我的房间面朝这可爱的后院，这很方便，因

为没有楼梯要爬——我只需打开门就能尽享夜晚的星辰或清晨的太阳——我唯一可以忍受的日照。女佣罗西娜是印第安人，性格孤僻，似乎在与其他所有人类为敌。我相信她并没有把我当人看，所以我们的关系也没什么不愉快的。龙舌兰、苍蝇和我都是占据后院的"东西"，是景观的组成要素，她也就这样接受了。猫是另一回事。它们的个性让罗西娜时而高兴时而愤怒，据其心情而定。她和猫说话——她从不跟她的孩子讲话，不过我认为她以自己的方式爱着他们。

　　我从来无法理解这个国家，而现在，我开始害怕我再也回不去北方，再也无法离开这里。我绝不能放弃希望，奇迹会发生且时常发生。一般认为，花五十年游览任何国家，这时间都太长了，因为许多人的一生都难达百年。于我，五十年，就是我被禁锢在一个我完全不想待的地方的时间。过去四十五年里，我一直试图逃离，可就是逃不掉，必定有人施了定身咒，将我定在了这个国家。总有一天，我会找出我在这里待了这么久的原因，此刻我只得沉浸在对麋鹿与白雪、樱桃树、草地和鸫之鸣唱的美好畅想中。

英格兰并非总是这些美梦的焦点。事实上，我不是特别想定居英格兰，不过我得到伦敦看看母亲，她现在年岁渐长，可身体还十分硬朗。一百一十岁不算太高龄，至少依据《圣经》来看是如此。母亲的男仆马格雷夫会给我寄白金汉宫的明信片，告诉我坐着轮椅的母亲仍然矍铄，不过我实在不知道坐在轮椅里怎么矍铄得起来。他说她的视力已经不行了，但没长胡子，这一定是在暗指我去年圣诞节当作礼物寄去的肖像照。

我确实长出了短短的灰胡子，传统一些的人会心生厌恶。可我自己觉得这英气十足。

我只会在英格兰待上几周，然后我就要去实现我一生的梦想：奔赴拉普兰[1]，坐上狗（长毛狗）拉的车。

我东拉西扯了这一大通，但我不希望有任何人觉得我的思绪飘忽不定，它确实会游离，但那正

----

1 斯堪的纳维亚半岛最北端的地区。

是我想要的。

我就这样和我的加拉哈德[1]住在一起，大部分时间都待在后院。

如今加拉哈德有了一个大家庭，而他绝不算富有。他靠支付给领事馆员工（非大使；我听说政府会给大使更丰厚的薪水）的微薄工资过活。加拉哈德和一家水泥工厂经理的女儿结了婚。她名叫缪丽尔，父母都是英国人。缪丽尔有五个孩子，其中最小的那个还和我们住一起。这个名叫罗伯特的男孩二十五岁，还没结婚。罗伯特性格不算好，甚至从小就对猫不友好。他还骑着一辆摩托到处晃，并且让电视进驻了这个家。自那时起，我越来越少去这个家前面的区域。就算我偶尔出现在那儿，可以说也与幽灵无异。这似乎让家里其余的人松了口气，因为我的餐桌礼仪越来越偏离传统。一个人年岁越长，越懒得关照他人的癖性；比如四十岁时，在一辆拥挤的电车或巴士上吃橘子我都扭扭捏捏，如

1　加拉哈德（Galahad）本是亚瑟王传说中的其中一位圆桌骑士，最为纯洁，独自找到了圣杯。

今，我不仅可以泰然自若地吃橘子，还可以毫不知羞地在任何公共交通上吃完一整餐，再配上一杯波特酒——我现在偶尔会款待自己，来上这么一杯。

尽管如此，我还是让自己做个有用之人，在厨房（就在我的房间旁边）帮忙。我择菜、喂鸡，以及，正如我前面提到的，开展诸如周四房间清扫的剧烈活动。我绝不惹麻烦，让自己保持整洁，无须任何人帮助。

每周都会有一些小幸福；每晚，有天气清朗时的天空、星星，当然还有月亮圆缺。周一，天气晴好时，我会沿着马路走两个街区去看望我的朋友卡梅拉。她与侄女住在十分狭小的房子里，侄女虽是西班牙人，但她的工作是为一家瑞典茶室烘焙蛋糕。卡梅拉生活舒适，而且确实非常聪明。她持优雅的长柄眼镜看书，几乎不会像我那样喃喃自语。她还会织精巧的套头毛衣，但她真正的人生乐趣是写信。卡梅拉给全世界素昧平生的人写信，署上各种浪漫的名字，从不用真名。卡梅拉讨厌匿名信，当然这些信也太不切实际了，谁会回复信末没有署名的信呢？这些带着卡梅拉优美字迹的精彩书信乘坐飞机，飞过天际。至今无人回信。这是人类真正令人费解的一面，人们从没时间做任何事。

一个晴朗的周一早晨，我照常去看卡梅拉，而她竟然在门前等着我。我一眼看出她兴奋过了头，因为她忘记戴假发了。卡梅拉是秃头。她相当虚荣，通常情况下，她绝不会不戴假发就上街，她的红色假发似乎在致敬她早已消逝的头发，如果我没记错，她曾经的真发就和她的假发一样红。这个周一早晨，卡梅拉没有戴上她平日的荣耀王冠，她兴奋异常，喃喃自语着，平时的她不是这样。我给她带了当天早晨母鸡下的蛋，她一把抓住我的手臂，蛋掉了。真是太遗憾了，这颗蛋已无力回天。

"我在等你，玛丽安，你迟了二十分钟，"她说着，完全没注意碎掉的蛋，"有一天你会全然忘了来。"她声音尖细，大概说着这些内容，因为我当然没听全她说的话。她把我拉进屋子，努力说了好几遍后我才明白她有礼物给我。"礼物，礼物，礼物。"卡梅拉至今送了我好几次礼，有时是她针织的东西，有时是食物，但我从没见她这样兴奋。当她打开那个助听号角时，我有些失望，想知道这到底是能用来吃喝还是只能做装饰。她做了许多复杂的手势后，最终把号角放到我的耳朵上，我原本听到的细声尖叫，这时却像愤怒公牛的吼叫那样直冲大脑。"玛丽安，你能听到我说话吗？"

是的，我能，声音可怖。

"玛丽安，你能听见吗？"

我无言地点头，这骇人的噪声比罗伯特的摩托声还要可怕。

"这绝妙的号角将改变你的人生。"

我终于说道："老天爷啊，别叫了，你让我紧张。"

"奇迹！"依然兴奋不已的卡梅拉说道，随后放低了声音，"你的人生将会被改变。"

我们俩都坐了下来，吮吸着紫罗兰味的含片，卡梅拉很喜欢，因为它能让口气清香；我现在渐渐习惯了这恶心的味道，并且出于对卡梅拉的爱，开始喜欢上了它。我们想着这个号角引发大变革的种种可能。

"你不仅能坐着听美妙的音乐和深刻的对话，还能获得特权——监听全家人是怎么说你的，那应该很有趣。"卡梅拉吃完了她的含片，点了一支她为特别场合准备的黑色小雪茄，"当然你必须小心保密，因为如果他们不想让你听到他们在说什么，可能会夺走号角。"

"他们怎么会有事要瞒着我？"我问道，心里却想着卡梅拉对戏剧性场面的狂热真是无可救药，"我从不给他们惹麻烦，他们也几乎看不到我。"

"这可不好说，"卡梅拉说，"未满七十、已逾七岁的人，只要不是猫，都非常不可靠。你再小心都不为过。另外，想想吧，别人以为你听不到，但你其实可以听到，这能力真是激动人心。"

"他们难免会看到号角，"我怀疑地说，"这肯定是水牛角，水牛可是庞大的动物。"

"你当然不能让他们看到你使用它，你得躲在某处听。"这我可没想过，如此一想还真是有无限可能啊。

"好了，卡梅拉，谢谢你的好意，这珍珠母的花样设计也确实十分漂亮，有詹姆斯一世时代的风格。"

"你还将听到我刚写好的信，我还没寄出，就是等着读给你听。自从我从领事馆偷走了巴黎的电话簿，我就增加了产出。你完全想不到巴黎有那么些优美的名字。这封信是写给巴黎第二区雷什特波坦街的贝尔韦代雷·瓦斯·努瓦西斯先生的。你怎么也想不出比这更响亮的名字。我觉得他是位脆弱的老绅士，优雅依然，喜爱热带蘑菇，将它们种植在帝国衣柜里。他穿着刺绣马甲，带着紫色箱包旅行。"

"卡梅拉，我有时觉得如果你不把你的想象强加在你素未谋面的人身上，你或许会收到回复。贝尔韦代雷·瓦斯·努瓦西斯无疑是个美丽的名字，但要是他很胖，还收集柳条篮呢？要是他从不旅行，也没有行李箱，要是他是个有着航海抱负的年轻人呢？我觉得你得现实点儿。"

"玛丽安，你有时思想很负面啊，虽然我知道你心地善良，但也没道理说可怜的贝尔韦代雷·瓦斯·努瓦西斯先生竟会做收集柳条篮这样琐碎的事。他脆弱但无畏。我打算给他寄点儿蘑菇孢子，以丰富他从喜马拉雅山脉寄回的蘑菇品种。"至此已无话可说，于是卡梅拉读起了信。她假装是秘鲁著名登山家，为了拯救一只困在悬崖边的灰熊熊崽而失去了一只手臂。母熊凶残地咬下了她的手。接着，她列举了各种高海拔菌类的信息，提出要给他寄样本。在我看来，她把太多事想得理所当然。

我离开卡梅拉家时已近午饭时间。我用披巾包着我的神秘包裹，为了保存体力，十分缓慢地走着。此时，我十分兴奋，差点儿忘记午饭要吃番茄汤。我一直钟爱罐装番茄汤，我们不常吃。

我的小小兴奋让我想从前门进屋，而不是如往常一样，绕到后门进去。我还想着或许能偷一两块缪丽尔藏在书架后的巧克力。缪丽尔在分发甜食方面很小气，要是她大方些，也不至于长这么胖。我知道她去了市中心买椅罩，就是为遮住椅子上的油点。我本人很讨厌椅罩，更喜欢可洗的柳条椅，弄脏了也不会像布椅那么闹心。不幸的是，罗伯特正在起居室招待两位朋友喝鸡尾酒。他们全盯着我，可当我开始解释我去周一例行散步了，他们又迅速移开了视线。由于没牙，我的吐字大不如前。我的独白进行了没多久，罗伯特就粗暴地抓住我的手臂，把我推到通往厨房的走廊里。显然，他生气了。如卡梅拉所说，不能相信未满七十、已逾七岁的人。

　　我像往常那样在厨房吃了午餐，然后回到房间给名叫"猫儿咪"和"洽洽"的猫梳毛。我每天都给猫梳毛，为了让它们的长毛保持光滑、亮丽，也为了把梳下来的毛攒着给卡梅拉，她答应过等猫毛足够多了，就拿来织一件套头毛衣。现在，我已经装了满满两小罐柔软的毛。如此就能拥有一件温暖的冬装，简直愉快又经济。卡梅拉认为无袖猫毛开衫很适合在寒冷天气穿。我花了四年才装满两罐毛；要收集到足够的毛去织一件整衣，还得花点儿时间。或许可以用羊驼毛和现在这些毛一起织一件小毛衫，但卡梅拉说这是作弊。罗西娜的表亲有次送了我一架简易印第安纺车。我一直用棉花废料试手，用这架纺车纺出了强韧、实用的线。等我攒够了猫毛，我必定已经学会了如何纺出上好的纱线。这是项激人奋进的好消遣，我得说要不是我如此思念北方，我必定觉得很满足。他们说你能在这儿看到北极星，这颗星从不移动。但我一直没找到。卡梅拉有一张天文图，可我们鼓捣了一会儿也不知道如何使用，这样的事也无人可问。

藏好号角后，我就开始了下午的工作。

红母鸡看上去就好像要在我床上再下一枚蛋，猫儿咪拒绝我梳它的尾巴，一切一如往常。加拉哈德突然闪现房中，吓得我差点儿从椅子上跌下来。他上次来看我还是因为水箱爆裂，当时他领着水管工进来。他站在门口，嘴巴一张一合。我猜他在说些什么。

随后他在我的五斗柜上放了一瓶波特酒，又张嘴说了什么就离开了。加拉哈德出人意料的行为让我一直思索到晚上。我完全想不出他为什么会来。今天不是我生日，他也从不给我生日礼物；从天气看，也不是圣诞节。他为什么突然转性了？

当时我并没想过这件事能有任何不祥的解读，我只是好奇加吃惊。当然，如果我像卡梅拉那样有知觉心理学方面的天赋，我可能，甚至在当时，就会对这件事多上点儿心。无论如何，即使我预见到了接下来会发生的事，我也无能为力，唯有等待。

　　我一生耗费了许多时间等待，且大多等不到结果。最近我不太爱做太多连贯性思考，但在那一刻，我确实制订了一个行动方案。我想找出加拉哈德突发善心的动机。并非他缺乏普通人的情感，只不过他认为对无生命之物的善意纯属浪费。他或许是对的，但那株龙舌兰在我眼中是活的，因此我觉得，我也能宣称自己是活生生的人。

　　黑夜将临，晚饭已过，待罗西娜休息后，我小心翼翼地拿出了我的号角。我离开房间，到起居室和厨房之间的黑暗过道里藏起来。这里的门始终敞开着，所以我毫不费力就能看到家庭生活的美好图景。加拉哈德坐在装有一根电子木材的壁炉旁，面对着缪丽尔。这有点儿过分了，天气还不算太凉。罗伯特坐在狭窄的沙发上，把晨报撕成一条一条的。

新椅罩尽职尽责地挂在椅子和沙发上，深米色，带穗子，应该很实用，我猜，也很好洗。我的三位家人在讨论着什么。

"即使这事不会再发生，结果也让人无法忍受，"罗伯特说，声音之大，我的号角都震动了起来，"我再也不敢邀请任何朋友来这儿了。"

"我以为一切都决定好了，"加拉哈德说，"你不必再激动地喋喋不休，我们全都同意老年之家是她最好的归宿。"

"等你决定好，二十年都过去了，"缪丽尔说，"在过去的二十年里，你妈妈一直是我们的心病。而你真是固执、怠惰到了一定境界，才会一直让我们把这烫手山芋抓在手上，只为满足你自己的多愁善感。"

"缪丽尔，你这话说得不公平，"加拉哈德弱弱地说，"你知道在查尔斯去世前，我们没钱把她送进养老院里。"

"政府会为年老体弱者提供收容所，"缪丽尔厉声说，"很久之前就该送她走。"

"我们不是在英国，"加拉哈德说，"这里的收容所不是人住的地方。"

"祖母，"罗伯特说道，"基本不能被划归为人类。她就是一袋子流着尸水的腐肉。"

"罗伯特，"加拉哈德底气不足地说，"一定要这样说吗，罗伯特？"

"反正我受够了，"罗伯特说，"我只是请人来唠唠家常、喝一杯，这个格拉姆斯[1]的怪物就走了进来，光天化日的，对着我们语无伦次，我只得把她扔出去。当然是轻轻地。"

"记住，加拉哈德，"缪丽尔补充道，"这些老人不像你我这样有情感。到了收容所，她会更开心，那儿有专业人士照料她。如今这些地方都管理良好。我跟你说的远在圣布里希达的那个地方，由光之井兄弟会管理，一家美国知名麦片公司（蹦蹦早餐麦片公司）出资。那儿管理得井井有条，且价格公道。"

1　格拉姆斯（Glamis）是苏格兰安格斯郡的一处城堡。传说，曾有个严重畸形的小孩出生在那里，畸形儿一生都被关在城堡中，他死后，他住过的房间被人用砖封上了。

"是的，你跟我说过，"这场讨论似乎已经让加拉哈德感觉无聊了，"我同意那地方看上去挺适合送她去的，我想她在那儿会受到很好的照顾。"

"那我们什么时候把她打包送过去？"罗伯特说，"我可以把她那间房改造成摩托车工作间。"

"也没有急到这个地步，"加拉哈德说，"还是要跟她说一声。"

"说？"缪丽尔惊讶地说道，"她完全不清楚自己身在何处，我觉得她甚至不会察觉自己换了个地方。"

"还是有可能的，"加拉哈德说，"你根本不知道她对任何事了解多少。"

缪丽尔回答道："你妈妈老糊涂了。你越快接受这个事实越好。"

我把号角从耳边移开了一会儿，部分是因为我胳膊酸了。老糊涂？没错，我敢说他们是对的，但老糊涂是什么意思？

我把号角重新放到另一只耳朵上。"她就该去死，"罗伯特说，"活到那把岁数的人还是死了好。"

我穿着我的羊毛睡衣回到床上，发现自己打着寒战，但我感觉那并不是我的身体。第一个在我脑海里不断闪现的可怕念头是："猫，那些猫怎么办？还有卡梅拉，周一早上和卡梅拉的约会怎么办？还有红母鸡。他们为什么觉得自己知道一个人还是死了好？他们怎么可能知道？啊，亲爱的金星（我总是向金星祈祷，她是一颗如此耀眼的星，一眼就能认出），'光之井兄弟会'是什么玩意儿？一个兄弟会竟可怕地知道对他人来说什么更好，还能不顾他人意愿冷酷地改进他们，这听上去比死亡本身还可怕。噢，金星，我做了什么，竟落到如此地步？猫怎么办啊？猫儿咪和洽洽的命运会如何？我永远也无法将它们的毛织成毛衫来温暖我这把老骨头，我永远无法穿上猫毛衫，我很可能得穿制服，再也没有红母鸡每日在我床上下蛋了。"

这些可怕的幻想和念头折磨着我，我就像突发僵直性昏厥，陷入了昏睡。

自然，我第二天就去找了卡梅拉，告诉了她

这个可怕的消息。我还带着我的助听号角，希望能得到一些建议。

"有时候，"卡梅拉说，"我就是能预知未来。在跳蚤市场看到那个号角的那一刻，我就对自己说，'玛丽安需要的就是这个'。我必须立刻买下它，我有种不祥的预感。这消息真可怕，我必须努力想个法子。"

"你怎么看光之井兄弟会？"我问道，"它让我害怕。"

卡梅拉说道："光之井兄弟会显然至恶至邪。并不是说我觉得这家公司会把老淑女们磨碎做成早餐麦片，而是说它道德败坏。这一切听上去太可怕了。我必须想方设法把你从光之井的魔爪下拯救出来。"不知为何，这在她看来似乎很有趣，她轻笑起来，不过我看得出她在烦心。

"你觉得他们是不是不会让我带走猫？"

"不能带猫，"卡梅拉说，"事实上，收容所里不能有爱好。他们没时间。"

"我该怎么办？"我说，"已经活了九十二岁，却依然无知，就这么自杀似乎有点儿遗憾。"

"你可以逃去拉普兰，"卡梅拉说，"我们可以在这儿织一顶帐篷，等你到那儿就不用买了。"

"我没钱，没钱去不了拉普兰。"

"钱确实是一大麻烦，"卡梅拉说，"要是我有钱，我可以给你一些。在去拉普兰的路上，我们可以在里维埃拉度个假。我们甚至可以小赌一把。"

就连卡梅拉都没有任何实际的建议。

房子实际上就是身体。我们将自己与墙壁、屋顶及各种物品相连，就像我们依靠肝脏、骨架、肉身和血流而活。我不是美人，无须照镜子我也明白这个绝对事实。尽管如此，我依然死死抓住这破败的躯壳，仿佛那就是金星女神维纳斯的透明身体。那后院、我当时住的小房间、我的身体、那两只猫、红母鸡，确实就是我的全身，都属于我的迟缓血流。剥离这些我熟悉、热爱（是的，热爱）的事物，如古老童谣《言出必行之人》所吟，就是"死亡，死亡无疑"。刺入我心脏的尖针，穿着浸染了古老血液的长线，无药可医。拉普兰和毛茸茸的拉车狗队呢？它们确实也会打破我珍视的生活习惯，确实如此，但收容老朽妇人的机构又是另一回事了。

"以防他们把你锁在十楼的房间里，"卡梅拉边说边点燃了一支雪茄，"你可以把你编织的这些绳子全带上，用来逃跑。我会开着汽车，拿着机枪在下面等你。当然，车是租的，我想租一两个小时不会太贵。"

"你去哪儿搞机枪？"我问，拿着致命武器的卡梅拉，想想着实有趣，"还有，那玩意儿怎么用？那张天文图我们都没弄懂过。我敢说机枪就更复杂了。"

"机枪，"卡梅拉说，"就两个字，简单。你装上好多子弹，然后扣动扳机。根本不需要动脑筋，而且你也不必非要打到什么东西。那声音就能震慑别人，他们觉得你有枪就必定是个危险分子。"

"你确实可能很危险，"我惊恐地答道，"万一你不小心误伤了我怎么办？"

"我只有在万不得已的时候才会扣动扳机。他们可能会放出一群警犬来追咬我们，如果是那样，我就不得不开枪射击了。一整群狗，这目标够大了，要射中三码¹远之外的四十只狗不算难。我不会把你和发疯的警犬弄混的。"

卡梅拉的辩解让我开心不起来："万一只有一只警犬追着我跑圈圈，你很容易就会打到我而不是那只狗。"

"你啊，"卡梅拉挥舞着雪茄说，"到时候就用你的绳子爬下十楼。警犬会攻击的是我，不是你。"

"嗯，"我还是不太放心，"我们离开满是警犬尸体的活动场（我猜应该是活动场，被高墙环绕）之后，接下来怎么办？去哪里？"

"我们会加入驻扎在奢华海滨度假村的帮派，然后在庄家赔付之前，去窃听电话找出赛马比赛的获胜者。"

卡梅拉真是脱线。我尝试把她拉回我们的讨论焦点。

"我记得你说过收容所不准养动物。四十只警犬肯定也算动物啊。"

---

1 1 码约合 0.91 米。

"严格说来，警犬不是动物。警犬是变态的动物，没有动物的行事思维。警察不是人类，那警犬怎么会是动物呢？"

这话没法接。卡梅拉真该做律师，她太擅长复杂的辩论了。

"你还不如说柯利牧羊犬是变态的羊，"我最后说，"如果他们在收容所养那么多狗，我真不知道再多加一两只猫有什么关系。"

"想想吧，生活在四十只凶恶的警犬中间，猫肯定时刻痛苦不堪。"

卡梅拉表情痛苦地盯着正前方："它们的神经系统受不了这种情形的。"当然，她是对的，一如既往。

依然绝望至极的我，蹒跚着回了家。我会多么想念卡梅拉和她振奋人心的意见、黑色雪茄、紫罗兰含片。收容所的人可能会让我吃维生素片。维生素、警犬、灰墙、机枪。我无法理出头绪，那处境之恐怖悬浮在我大脑的混沌之中，让我头痛不已，仿佛脑中塞满了多刺的海藻。

习惯之力带不由自主的我回了家，并让我到后院坐下。不知怎的，我来到了英格兰，享受着周日的午后。我拿着书，坐在一簇紫丁香之下的石头上。旁边一丛迷迭香散发的香气浸透了空气。他们在附近打网球，球拍和球的撞击声清晰可闻。这里是下沉式的荷兰花园。不过为什么说是荷兰呢？因为那玫瑰？那几何图形的花坛？还是说或许是因为它是下沉式的？教堂的钟声响了，那是座新教教堂——我们喝过茶了吗？（黄瓜三明治、籽香蛋糕和岩皮饼）没错，肯定喝过了。

我长长的深色头发软得就像猫毛，美丽的我啊。我才意识到我很美，这真让人惊讶，我得为我的美貌做点儿什么，但做什么呢？美丽，毫无例外，也是一种责任。美丽的女人和首相一样拥有别样的人生，但那不是我真正想要的，肯定还有什么其他的……那本书。现在我能看到它了，《安徒生童话·白雪皇后》。

拉普兰的白雪皇后。小凯在冰冻城堡里做乘法算术。

现在我明白了，也有人给我出了一道数学题，虽然我似乎尝试了许多年，可我还是解不出来。此刻的我并非在英格兰馥郁的花园里，这一切都是我幻想出来的，不过它并没有如往常那样消失，它即将消失，但它还在这里。感觉如此强大、幸福是十分危险的，可怕的事情即将发生，我必须立马找到解决办法。

我所爱的一切即将瓦解，除非我能解开白雪皇后的难题。她是北方的斯芬克斯，长着噼啪作响的白色羽毛，每只脚的十个爪子上都镶着钻石，她的微笑冰冻在脸上，眼泪如冰雹，啪嗒啪嗒地掉在画于她脚边的奇异图表上。我必定在某时某地背叛过白雪皇后，那么如今的我应该已经知道来龙去脉了？

穿白色法兰绒长裤的年轻男子来问我要不要打网球。唔，我其实不太擅长打网球，所以，你知道，我更愿意读书。不，不是什么艰深的书，童话而已。这个年纪读童话？

为什么不能呢？而且年龄是什么？亲爱的，那是你不理解的东西。

现在树林里开满了野生银莲花（anemones），要去看看吗？不，亲爱的，我说的不是野地灌肠（enemas），是野生银莲花，花，成千上万朵野花，漫山遍野，从树下一直到山顶露台。它们没有气味，但它们的存在如香水般让人着迷，我将铭记终生。

亲爱的，你要去哪儿吗？

是的，去树林。

那你为什么说你将终生记得它们呢？

因为你也是这记忆的一部分，而你会消失。银莲花将永远盛放，我们不会。

亲爱的，别说得这么玄，哲学家做派不适合你，那让你的鼻子变得红红的。

既然我已知晓了自己的美丽，我也就不在意鼻子红不红了，反正鼻形挺美。

你真是虚荣得可恶。

不，亲爱的，不是这样，因为我可怕地预感到这一切终会消失，而我无能为力。我怕极了，根本没时间享受虚荣的感觉。

你是个压抑的疯子，要不是你如此美丽，我真的会无聊透顶。

我有丰富的灵魂，和我在一起，任何人都不会无聊。

太丰富了，不过，谢天谢地，身体也美艳无边。树林里有绿色、金色的光，看看那了不起的蕨。他们说女巫用蕨类的籽施魔法，它们雌雄同体。

女巫？

不是，蕨。有人从加拿大带来了那棵泛蓝的巨大冷杉，花费了成百上千万，从美洲带一棵树来，这多蠢啊。难道你不讨厌美洲吗？

不，我为什么要讨厌美洲？我没去过那儿，那里的人都文明得可怕。

反正我讨厌美洲，因为我知道一旦你进去了，就永远出不来了，你只能一辈子为永远无法得见的银莲花哭泣。

也许美洲大地上开满了野花，当然大部分都是银莲花。

我知道不是这样。

你怎么可能知道呢?

反正不是我所想的那部分美洲。他们有其他植物,还有尘土。尘,土。很可能有几棵棕榈树,还有牛仔骑着牛四处飞驰。

他们骑马。

好吧,马。这有什么关系呢?思乡情切的你,就算他们骑着蟑螂,你也注意不到。

反正你不用去美洲,高兴点儿吧。

不用去吗?谁知道呢!我有预感,我和美洲将天天相见,我在那儿会过得很凄惨,除非奇迹发生。

奇迹、女巫、童话,成熟点儿吧,亲爱的!

你或许不相信魔法,但此刻怪异之事正在发生。你的脑袋消解,融入稀薄的空气,我还能透过你的胃看到那些杜鹃花。并非你死了或发生了任何戏剧性的事,只不过是你正逐渐消失,我甚至记不起你的名字。比起你本人,我更能记住你的白色法兰绒长裤。我记得我对白色法兰绒长裤的一切感受,但穿着它到处走的那个人已经完全消失了。

所以，你记忆中的我是一条粉色无袖亚麻裙，你已无法将我的脸同其他几十张脸区分开来，我也没了名字。所以花这么多时间谈论个体有什么意义？

我感觉我听到白雪皇后在大笑——她很少笑。

此刻的我在我可怕、老朽的躯壳里昏昏欲睡，而加拉哈德正试图告诉我什么。他高声喊叫："不，我不是在邀请你去打网球，我在试图告诉你一件十分让人高兴的大事。"

高兴？大事？

"你要去度一个美好的假期了，妈妈。你会玩得非常愉快的。"

"我亲爱的加拉哈德，别跟我说这些愚蠢的谎话。你们要把我送去老年妇女之家，因为你们都觉得我是个惹人生厌的老泼妇，我敢说从你们的角度来看，你们是对的。"

他站在那儿，嘴巴一张一合，惊讶得仿佛我从软帽里拉出了一只活羊。

"我们都希望你能理性对待这整件事，"他最终叫喊道，"你会过得很舒适的，会有很多人与你做伴。"

"我亲爱的加拉哈德，我想知道，你觉得什么是不理性？你是说我可能会把这房子一块一块地拆掉，再把它踏平？把电视机从屋顶上扔下去？骑着罗伯特讨人厌的摩托车裸奔？不，加拉哈德。我无力做出任何这样的反应。我毫无选择，只能如你所愿，'理性'面对，你无须担心。"

"你会过得很快乐的，妈妈，你会有各种有趣的消遣，还会有训练有素的专业人士确保你永不寂寞。"

"我从不寂寞，加拉哈德。或者说，我从不为寂寞所苦。但一想到我的寂寞会被一群残忍地打着'为我好'的旗号的人夺走，我就痛苦万分。当然，我从没指望过你会理解我，所以我只求你不要幻想你是在劝说我做什么，因为实际上，你是在逼迫我。"

"真的妈妈，真是为了你好，我知道你最终会理解的。"

"我非常怀疑。不过，我说什么也改变不了你的想法，所以我什么时候得走？"

"嗯，我们想或许可以周二开车带你去，只是去看看那里怎么样。如果你不满意那个地方，你可以立马回家。"

"今天是周日。"

"是的，今天是周日。真高兴看到你振作起来，妈妈，你会明白你将度过一段多么美好的时光，在圣布里希达，你能结交许多新朋友，做些强身健体的运动。那儿和你认识的世界几乎没什么两样。"

"什么是'强身健体的运动'？"我问道，可怕地预感到他们或许有一支曲棍球队。没人能弄懂现代理疗是怎么回事。"我在这儿的运动就挺多了。"

"某种有组织的运动吧，"加拉哈德回答，坐实了我的恐惧，"一两个月之后，你会感觉自己就像两岁的孩子。"

我似乎不能正常呼吸了，为了保存体力，我不动声色，在一头栽进坟墓之前，我还有很多事要弄明白。而且和加拉哈德争论显然毫无用处。他继续说了一阵，但我没听见他说了什么，因为他没再大喊了。

五六十年前，我在纽约的犹太区买了个实用的铁皮箱。这箱子为我服务了那么多年，依然还能用。最近，卡梅拉来看我，我还拿它当茶桌。我以前只想着出发去拉普兰的时候要它打包行李。没人知道未来会如何。我有差不多七年没打开这个箱子了，上次开箱，还是因为卡梅拉给了我一瓶她自制的安眠药，但我不敢吃。瓶子还躺在箱底，液体已经结了晶，看上去剧毒无比，整体呈淡褐色，顶部生了一圈灰色真菌。我决定不去动它，万一有用也未可知，我从不扔东西。箱子内部是实木做的，贴了一层设计高雅的纸，局部有些污损。

除了安眠药，我第一件打包的东西当然就是决定我命运的号角。这让我想起了天使加百列，不过我想他应该不是用号角听声音，而是据《圣经》所写，在人类走向最终浩劫的末日吹响他的号角。《圣经》故事的结局似乎总是悲剧和大灾，真是奇怪。我时常疑惑：他们那愤怒、狂暴的上帝为何如此受欢迎？人类十分奇怪，我不会假装我很懂任何事，但为什么要崇拜只会给你带来瘟疫和大屠杀的东西？而且为何事事都要怪夏娃？

接下来，我得打开抽屉整理东西，还要打开贴着不同标签的硬纸箱——橘子酱、玻璃杯、豆子罐头、番茄酱。当然，里面的东西都与标签不符，而是一些数量与日俱增的零碎之物。

当你要离开某地一去不返的时候，得特别注意要带走什么，看似无用之物在特殊情况下可能会变得必不可少。我决定把这当作去拉普兰来打包。我带了螺丝刀、锤子、钉子、鸟食、好多我自己织的绳子、几根皮带、一只闹钟的一部分、针线、一包糖、火柴、彩珠、贝壳，等等。最后，我放入了几件衣服，以防止这些东西在箱子里撞来撞去发出声响。

我知道缪丽尔好管闲事，不想她来干涉调整我的行李，于是我在空纸箱里装了些后院的石头，然后又用绳子将它们捆了起来，这样她就会以为我没带走我收藏的杂物。缪丽尔会说那些全是"垃圾"，然后将它们扔了。

我当然知道，我并不是要去贿赂爱斯基摩人，但我装作事情就是那样，打包了一切。收容所与遥远的北方一样，都与文明隔绝，你无从得知人们会想要什么东西。我在修道院学校受的教育可不是白费的。

如众人所知，逝者如斯；不确定它是否会按原路折回。我有一个朋友——他不在，所以我直到现在才提起他——曾告诉我，粒子状的粉宇宙和蓝宇宙相交，如两群交错的蜜蜂，当两只不同颜色的蜜蜂相撞时，奇迹就发生了。这个理论和时间有点儿关系，不过我怀疑我是否能逻辑连贯地解释清楚。

这个特别的朋友是马尔伯勒先生，他一直和妹妹住在威尼斯，所以我有段时间没见过他了。马尔伯勒先生是位了不起的诗人，近几年声名鹊起。我有时想过自己写诗，但要让文字押韵太难了，就像试图在拥挤的大道上赶一群火鸡和袋鼠，还要让它们队列整齐，不要去看商店的橱窗。文字何其多，各有其意。马尔伯勒告诉我，他妹妹生来就是瘸子，不过他说得如此神秘，我有时会想她到底怎么了。

如果我没记错，作家通常会为他们的书找些托词，不过我真不明白，为什么一个人要为自己拥有一份如此安静、平和的职业而感到抱歉。军人似乎绝不会为互相杀来杀去而道歉，而小说家却会为自己写出了不一定会有人阅读，且不会咬人的精美纸书而感到羞愧。价值这东西真是奇怪，变得如此之快，我根本追不上。

我说这些是因为我可能最终还是会写点儿诗。我想民谣或许是我的风格，诗句短小简单，比如：

地板上空无一物，

纵使我寻遍全屋。

被亲朋好友抛弃，

不留下一颗泪滴。

不写装腔作势的长句。这只是一个例子，实际上我喜欢更浪漫的东西。

我打包时，这些想法在我脑海里纷飞，就像沙子过筛一样。打包花了很长时间，但思虑万重的我无心睡觉。

睡眠和清醒并不如过去那般分明，我常常将二者弄混。我的记忆塞满了各种东西，时间错乱，满满当当。因此，我很自豪，能记得那么多零碎的事。

猫儿把赞美诗对月亮吟唱，

一只银勺在海岸边上，

这个押韵的意象没能写完，我必定还是睡着了。

圣布里希达是这座城市极南边的郊区。实际上，那是一个古老的印第安-西班牙村子，由加油站、工厂与大都会相连。那里的房子有的是土坯房，有的是用巨石造的，街道窄小，且铺得坑坑洼洼，由树木和高墙围绕，隐藏着殖民时期的府邸和公园。要不是天气潮湿时戈麦斯造纸厂会散发出浓烈的气味，这个地方还是有某种魅力的。只要一滴雨，整个地方就会被可怕的恶臭侵袭。

阿尔瓦阿卡街上的最后一栋房子就是收容所。它完全不同于我和卡梅拉的想象。那儿自然有墙，但除此之外，一切都不同。外面几乎看不到什么，只有挂满蓝茉莉和常青藤的围墙，高大而古老。前门是一块巨大的木头，镶嵌着铁块——以前镶的可能是人头。它们被磨得十分光滑。我只能看到一座比围墙高出约一层楼的塔。这一切看上去更像一座中世纪城堡，而非我本以为的医院或监狱。

领我们进去的女士出人意料地与我想象中一丝不苟的看护迥然不同，以至于我忍不住一直看她。她比我年轻一些，大概年轻十岁，穿着一条法兰绒睡裤、一件男士晚礼服和一件灰色高领毛衣。她头发相当多，从她戴的航海帽下散落出来，帽子上有"皇家海军船舰拇指姑娘号"的字样以及一个王冠图案。她看上去十分兴奋，一直讲个不停。加拉哈德和缪丽尔想不时点评几句，但她丝毫不给他们开口的机会。

第一印象总不太明了，我只能说，这儿似乎有一些院子、回廊、不流水的喷泉、树、灌木、草坪。主楼实际上就是一座城堡，环绕着各种奇形怪状的楼房。小精灵似的住所样式各异，有毒蕈、瑞士小木屋、火车车厢，有一两间普通的平房，有间房像只靴子，还有一间在我看来就是特大号的埃及木乃伊。一切都太怪异了，我一度怀疑自己是不是眼花了。我们的向导继续兴奋地讲着，好像在向我解释着什么，她并没有理会缪丽尔和加拉哈德。我能看到他们的脸上写满了惊讶，不过他们已经费了老大的力气把我的箱子一并带来，也没法改变主意了。

走了好久，我们来到一座孤立于菜园之中的塔楼。这不是主楼的塔楼，而是新修的，不超过三层楼高，塔身涂成了白色。有点儿像灯塔，人们绝不会想到能在园子里见到这样一座塔。我们的向导打开门，在说了十五分钟后，终于放我们进了门。这个特别的场所显然就是我的住处。唯一真实的家

具是一把柳条椅和一张小桌子。其余的都是画上去的。我的意思是，墙上画着房子里没有的家具。真是高明啊，一开始我差点儿被骗了。我试图去打开墙上画的柜子，那是一个书柜，上面放了书，写有书名。还有一扇打开的窗，窗帘在微风中飘动——倒不如说，如果那是真的窗帘，它很可能会飘动。还画了门和一个放着各色小饰品的架子。这些二维家具有一种怪异的压抑感，就像把一个人的鼻子往玻璃门上撞。

加拉哈德和缪丽尔很快就离开了，但我们的向导还没走，疯了一样说个不停。不知道她是否明白，她说的我一个字都听不见。不过，她真的是口若悬河，即使我声音嘹亮、有力，也根本无法交流任何事。最终，我留下她一个人继续讲，自己爬上楼梯去看看塔楼剩下的部分。有一个房间里有一扇真窗以及一张床和一个衣柜。墙上没有装饰。角落里有一架梯子，通往一扇活板门，我决定还是下次再去探索吧，已经太劳累了，我感觉虚弱不堪。

她说话的工夫，够我上下楼二十五次，并收

拾完我的整个行李箱了。我决定还是冒险使用我的号角。浴室在一楼，那是个测试音效的好地方。

"并不是说这会带来多大的不同，因为鸭子的缘故，在任何情况下，他都不能来这儿。不过他给我寄了一封优美的长信，你该看看他是如何追一只胡狼追了十公里的。

"快到用茶点的时间了，甘比医生希望我们在铃响前集合。甘比医生在时间方面极不通人情，所以我们最好抓紧时间。我个人认为时间不重要。当我想着秋叶和冬雪、春和夏、鸟和蜜蜂时，我意识到时间无足轻重，可人们把钟表看得那么重要。现在我相信火花，对彼此有着某种神秘吸引力的两人之间火花四溅的对话，可以为生活带来极大乐趣，那是最昂贵的钟表也无可比拟的。不幸的是，有火花的人很少，我们只得依靠自己那点儿生命之火，你知道，这对我来说尤其累，我得日夜不停地工作，即使我的骨头发痛，头发昏，因疲劳而晕眩，无人理解我如何拼了命不倒下，不愿失去火花四溅的生活之乐，即使我真的患有心悸，他们把我当作负重的牲口一样驱使。我时常感觉自己像圣女贞德，受到了严重误解，那些可怕的枢机主教、主教用那么多不必要的问题刺激她饱受痛苦折磨的大脑。我不禁与圣女贞德感同身受，我常常感觉自己在经受火刑，只因为我与众不同，因为我一直拒绝放弃我体内那股美妙的奇异力量，当我与像我一样的火花四溅之人进行和谐的交流时，那力量才得以彰显。"

我徒劳地尝试了几次，想告诉她我衷心认同她的生活哲学。我还想问问我是否能在不惹人议论的前提下，带着我的助听号角去喝茶，但我们完全无法沟通，她自顾自地说着，不顾我站在她面前满怀希望地开合我的嘴。我还开始担心那个讨厌人喝茶迟到的甘比医生，但我面前这个人丝毫没有要走的意思，她挡住了唯一的出口。如果不立刻走，我们很可能一口茶都喝不到了。这可太让人不爽了。要是他们只提供傍晚茶[1]，不给晚饭，我就要一直

1　傍晚茶（high tea），起源于英国工人阶级下班后的餐前茶点，一般是在下午六点钟左右。——编者注

饿到吃早餐时。

"要是世界上的人都能意识到互相理解的重要性就好了。你懂吧？这里没人理解我，他们甚至不想办法分担一小部分正在压垮我的繁重工作，我就像圣女贞德。不过由于我体内的抗争之力，我的火花之源仍未受影响。纯粹的创意泡泡从我体内冒出，我不断给予，给予，给予，但其他人无法理解。越来越多的工作压到我身上，可怕的恶心感差点儿让我早上起不来床，我劳累过度了，单单过劳就足以抽干你的血。我慷慨到了愚蠢的地步，以至于其他人一直在向我索取，白天（和晚上）没完没了的工作全压在我的肩膀上。"

这真是让人心惊，到底是何种可怕的劳动让这个可怜的女人发了疯？难道我也要日夜工作直到我无法停止讲话？可能他们让她给一个巨大的火炉铲煤，他们很可能搞了个私人火葬场，老人确实会不断死去。他们可能还有一群用铁链拴住的苦工，我们这些苦工要一边喊水手号子（这就能解释她为何戴着航海帽了），一边劈石头。外面那些古怪的小屋开始有了一种邪恶之感。童谣屋是用来欺骗老人的家人的，让他们以为我们过着天真、平和的生活，然而隐藏其后的是一座巨大的火葬场和一群被铁链拴住的苦工。

我开始感觉恶心，已经丝毫不关心是否会错过茶点。一直举着号角的手已经麻了，但某种萦绕不去的焦虑让我无法放下号角，回归目前看来仍幸福喜乐的寂静中。远处的铃响了，而她还在说着，同时拉着我的手，带我一起向主楼走去。我把号角贴在耳朵上，就像被催眠了一样。她的话就像命运之轮，偶有不同，但总会回归原点。她热情不减，布满皱纹的欢乐面庞依然至诚至真。

后来我得知她名叫安娜·沃茨。她没跟我说她的名字，因为她完全没时间交流如此实际、乏味的事。

餐厅是装了护墙板的长房间，落地窗外就是花园。绿色天鹅绒窗帘（要是穿在身上肯定更糟）将我们与一个大起居室隔开，那里面的东西都覆着印花棉布。我们到的时间刚好，大家纷纷就座。我被安排坐在安娜·沃茨和另一位女士中间。我们坐的那一边背对落地窗，让我有一种幽闭恐惧。

开头一两天我还分不清我的九个新伙伴。当然，她们各不相同，但认人还是要花点儿时间。我匆匆看了一眼甘比医生，不敢盯着他看，怕显得不礼貌。他坐在桌首，我想这是自然，毕竟他是在场唯一的绅士。

他给人的第一印象是秃，秃得毫不掩饰，胖乎乎的，神经兮兮。很难看到他的眼睛，因为他戴着厚厚的镜片。我最终还是偷看到了厚镜片后的部分，淡绿色的眼睛，黑色的睫毛，和这张脸很不搭，像小孩的眼睛。那双眼就好像看不到一样。我猜他有高度近视，几乎看不见，可怜的人儿。

我们刚坐在每人一份的两片面包配草莓酱前，安娜·沃茨立马就开始了长篇大论。

"安静，安娜·沃茨，安分点儿。"甘比医生突然说道，带着鼻音，十分尖锐，吓得我丢下了勺子。即使不用号角，我也能听清他说的每一个字。

"今天，我将为我们这个小社团的新成员讲讲

'明堂'的基本准则。你们大都来这儿有段时间了，我们的目标你们都已熟稔于心。我们旨在追寻基督教的内在深意，理解主的原初教义。这些话你们已经听我说了好多好多遍，但我们真的理解这些劳作的意义吗？这就是我们的劳作，这将一直是我们的劳作。在我们对真理有那么一点儿了解之前，我们必须奋进多年，不时灰心失望，才能收获第一份回报。"

我注意到他有点儿外国口音，但听不出具体是哪里的。尽管如此，他的鼻音就像汽笛一样嘹亮。他似乎让每个人都肃然起敬，她们都咀嚼着食物，表情严肃地看着自己的餐盘。

他说话的时候，我得以查看我对面墙上挂的巨幅油画，画上是一个面目怪异可憎的修女。

"这些表面上简单，实则无限深奥的准则是我主教义的核心，"甘比医生继续说道，"有这样两个字能永远为你提供理解秘传基督教[1]的钥匙。自

1　秘传基督教（Inner Christianity），这类基督教神学提出，只有经历过一些宗教仪式（如洗礼）的信徒才能理解某些基督教教义。

省，朋友们，就是我们每日行事必须努力悬于心头的两个字。"

油画中，修女脸上的光影十分古怪，让她看上去好像在抛媚眼，可这根本不可能啊。她肯定是一只眼瞎了，画家只是如实地呈现了她的缺陷。然而我还是觉得她在抛媚眼，她在对我眨眼，眼神令人不安，混杂了嘲讽和怨毒。

"不过，自省千万不能，"医生继续说道，"把我们变成可怕的狂热分子。我们能在谨守自我的同时成为出色、欢乐的伙伴。"欢乐的甘比医生，这想法就挺可怕的，于是我偷偷看了一眼安娜·沃茨，以驱散脑中的画面。她盯着她的盘子，看上去气愤不已。

有一两位女士向甘比医生提问，我胆怯地拿起我的助听号角，这样她们就能看出我想积极参与其中。第一位说话的女士穿着一件时髦的条纹衬衫配马甲，头发剪得像男人。我后来得知她是法国侯爵夫人，名叫克洛德·拉谢希雷勒。这让我刮目相看，因为我一生只见过几位贵族。

"我们在玩蛇梯棋时是否也应自省？"她问道。

"我们时刻自省，无论是在进行什么工作或娱乐。"医生答道。我注意到他透过眼镜热切地注视着我的号角。

神情焦急、头发稀疏蓬松的小个子女人是下一个提问者。我能看出她在努力克服窘迫感。"你知道的，医生，我真的努力了，但我总是忘记自省，真丢人。"

"你能发现自己性格中的这一缺陷就已经是进步了，"甘比医生说，"我们自省是为了努力创造对人格的客观观察。"

"好吧，我会继续虔诚地追求进步，不过我深刻意识到我的天性软弱得可怕。"不过，她看上去还挺心满意足的。她的衬衫是粉色的，领口有一个蓝色蝴蝶结，我在想是不是她自己做的。我一直很羡慕懂针线的人。卡梅拉就是个可敬的裁缝。但现在还是别想卡梅拉为好。

她们从餐桌旁起身，我刚把最后一块面包塞进嘴里，法国侯爵夫人就叫住了我。"克洛德·拉谢希雷勒。"她说着，真诚、友好地伸出了手。如果我那时就知道她是侯爵夫人，我一定会为自己满嘴塞着食物而倍感尴尬，不过我不知道，所以我顺利地一口吞下面包，礼貌地道了声"下午好"。

"我跟你讲讲，"她说，牢牢抓住我的手臂，"我们一九四一年如何在非洲击败德国的事吧。过去好多年了，但依然历历在目……"

明堂的茶点集会一般就是这样。不过，没有什么人类活动会一成不变。

三天后，我才第一次单独和甘比医生见面。那三天，我弄清了其他同伴的身份，甚至对她们有了一些了解。加上我，共十人，年龄在七十到一百岁之间。最大的九十八岁，名叫韦罗妮卡·亚当斯。她年轻时是名艺术家，现在的她虽然全盲，但仍在继续画水彩画。眼盲这件事并没有阻止她在分发给我们使用的粗糙厕纸上产出大量作品。她一天量出一码长的纸，如此一来，她就不会用画笔覆盖前一天的创作。

按照年龄来排，韦罗妮卡之后依次为克丽丝特布尔·伯恩斯、乔治娜·赛克斯、纳塔查·冈萨雷斯、克洛德·拉谢希雷勒（我之前提到过的侯爵夫人）、莫德·威尔金斯[1]、薇拉·范托希特和安娜·沃茨。

我们的日常活动都受到甘比太太的监控，但她大多时候都因严重的头疼而躺着休息，所以我们也就自得其乐。但只要她出现，所有人都能感觉到气氛明显变得紧张。虽然她的脸上一直挂着笑容，但我们都很怕她。

除了甘比夫妇和三名护工，显然，没有其他人住主楼。我们住在各自的小屋——或用他们的叫法，平房里。过了好几周我才知道谁住在城堡塔楼里，那时我已经记住了每个人及她们各自的住所，除了住在塔楼里的那个人。

韦罗妮卡·亚当斯住在靴子形小屋里，它在我刚来这儿时吓了我一跳；安娜·沃茨住瑞士小木屋，近距离看才发现原来那是布谷鸟自鸣钟。当然，那不是真的钟，只是屋顶下的一扇窗户里伸出了一只铅鸟。窗户也不是真的窗户，其实只是装在小屋

1　后文中变为"莫德·萨默斯"，原文如此。

墙上的窗户模型，无法透过它看进屋里，也无法从屋里看出来。侯爵夫人住在带黄点的红色毒蕈屋里。她要爬上一小节梯子才能进屋，那肯定很不方便。

莫德——我在谈第一次茶点集会时提到过，她真的自己做衣服，用牛皮纸打纸样，我觉得做得挺巧的——和薇拉·范托希特共住联排屋，那房子原本肯定是按照生日蛋糕的样子做的，但一开始刷的粉色和白色油漆没能抵挡夏日雨水的冲刷。房顶上有一根水泥蜡烛，还用水泥做了火焰，但乍看不出来，因为"火焰"上涂的黄色油漆已经变成暗绿色了。我有时觉得，随着时间流逝，这个"生日蛋糕"变得越来越好了，我希望永远别给它补上原来的颜色。

乔治娜·赛克斯住马戏团帐篷，或者说是一个用水泥做的像帐篷的房子，涂上了红白相间的条纹。门上写着"lk n and njoy he ow"，很长一段时间里，我都以为这是某种神秘的异域文字。实际上门上写的是"Walk in and enjoy the show"（进门享受大秀吧），但时间和常青藤覆盖了部分文字。

纳塔查·冈萨雷斯住的是爱斯基摩人的冰屋。

天气好时，我们可以坐在花园里数量充足的混凝土长椅上。当然，我们并不是大部分时间都闲坐着，我们有很多事情要做——园艺、烹饪，以及其他工作，大部分都是家务。

我偏爱我们称为"蜜蜂池塘"的地方。那其实是个不流水的喷泉，长满了睡莲，四周有围墙，墙上铺满了白色老鹳草以及蔓生的玫瑰和茉莉。这处隐蔽之所吸引了成千上万只蜜蜂，温暖的日子里，它们在这里嗡嗡飞舞，到处都是它们忙碌的身影。我可以在蜂群里坐上几小时，怡然自得，不过我也说不清自己为什么喜欢它们。

上午的那几个小时我们很忙，不过我注意到安娜·沃茨经常把折叠椅搬到"布谷鸟自鸣钟"外，躺在上面晒太阳。她的折叠椅在这里可是独一份儿，她要是没躺在椅子上，那就是站在某人的屋子门口说话。这似乎让一些人不满，但我个人已经习惯了。

第二天下午——后面我记不清日子了，乔治娜·赛克斯前来拜访。那时我还不知道她的名字，只能靠身高来区分她。她比其他人都高，且穿着时髦，有一种远足的闲适感，我十分羡慕。我记得那天，她穿着长款黑色和服配红色裤子——中国风[1]。我一下子就觉得，这真是优雅啊！她的头发剪成长款波波头，虽然发量不再丰盈，但她巧妙地让头发盖过一小块秃顶，发型看上去就是随意的中性风。在下垂的淡紫色眼袋堆积之前，她的双眼必定又大又美。不过现在依然有一种无畏的神色，涂得乱糟糟的睫毛膏更突出了这一点。

我拿好助听号角后，就听到乔治娜说道："这个地方有时就会给我找不痛快。甘比家的可恶女人想让我削土豆，但我刚做完指甲，可不能在厨房里翻翻找找的。"我没想到她还涂着红色指甲油，她枯瘦的大手上，大部分指甲都涂了。

"我还以为甘比太太是个和善人，"我说，"她脸上一直挂着微笑。"

"我们叫她'怪笑蕾切尔'，"乔治娜在我的桌子上摁灭了香烟，"她的名字是蕾切尔，她的笑是

1　应为作者对东方服饰风格的误解。——编者注

怪笑。她是个危险、可怖的怪物。"

"她怎么危险了?"我的思绪又回到了那看不见的火葬场上。焦虑再次袭来。我很好奇,甘比太太是否会亲自惩罚明堂的"囚徒"。

"就因为医生,她绝对恨毒了我。他是个色鬼,吃饭的时候,一直盯着我,这让'怪笑蕾切尔'恼火得坐立不安。当然,我怎么能阻止她的禽兽丈夫在吃饭的时候恨不得把我也吃了?"乔治娜放声大笑,又点了一支烟,"而且他一直找借口让我去他的卧房亲密地说会儿话。"

这一切都太古怪了。甘比医生是中年人,至少比乔治娜小四十岁。不过人性难测,我一生经历过太多意外之事,早已不指望人能不偏离正常的人生轨道。

"医生专门研究哪个医学分支?"我问道,只是为了不表现出惊讶,因为那会显得不礼貌。

"甘比有点儿像圣定心理学家,"乔治娜说,"结果就是天机不可泄露,就像弗洛伊德式的转桌灵[1]。相当唬人，但是假得不行。要是有人能离开这个破地方就好了，他也就不再重要了。现在，你懂的，毕竟他是这里唯一的男性。这么些女人在一起，实在是太可怕了。这地方遍地卵巢，真让人想尖叫。我们还不如住蜂巢里呢。"

我们正聊着，甘比太太提着一桶土豆出现在门口，谈话也就戛然而止。我真心希望她刚才没在听我们说话。

"我们这个集体里至少有两名成员缺席了晨间工作，"她说道，一边用手按着她看上去愁苦不已的眉头，"所有工作都由我一个人做，你们全体坐那儿闲聊，也是可以的。一切皆可。但为了你们好，我不能让懒惰的恶习扼杀那本就渺茫的救赎你们可怜灵魂的希望。或者说是你们通过坚持不懈的勤勉劳作才能拥有的灵魂。你们那变幻无常的情绪还无法获得'灵魂'这个尊贵的称谓，只能说你们有不朽的'自我'。"

---

1 转桌灵（table turning），指降神会上操纵桌子旋转、抬起或倾斜的通灵现象。——编者注

她苦笑了一下，转身去了厨房区。乔治娜对着远去的背影吐了吐舌头。尽管如此，我们还是起身，跟在她后面，轻声聊着天气。

"今天下午五点将在工作室开展运动，"甘比太太回头对我们说道，"一如往常，任何迟到的人都不准吃晚餐。"

"什么运动？"我问乔治娜，但她只回了个丑陋的鬼脸。甘比太太听到了我的问题，她停下来，放下了那桶土豆。

"你最好立刻听听运动是怎么回事，"她告诉我，"不了解运动之重要性的人永远无法完全理解秘传基督教的深意。

"该运动是由过去的某位先贤传给我们的。其意义颇丰，不过你刚来，我还无法向你透露，但我可以说其中一个表层的意义是，整个有机体伴随各种独特韵律——也就是我在簧风琴上为你弹奏的音乐，实现和谐进化。刚开始时别指望能理解运动的意义，当成每日的普通工作去做就好。"

我不敢问这些运动是不是体操。我忧心忡忡，只点了几下头。我本想以一种了然的神情看着她，只点一下头。但不知怎的，我慌张到不停点头，只得想办法让自己停下来。

乔治娜轻推了我一下，说了点儿什么，但我没听见，因为我把号角遗忘在灯塔里了。我开始喜欢上乔治娜了，她看上去真是艳丽。在她家人发现她已老到不适合放在家里之前，她肯定经常和一群时尚的朋友待在一起。她必定有过精彩复杂的人生。我希望她某天能跟我讲讲——后来她确实讲了，反复讲了好几遍。

我们全都围坐在厨房里一张擦得干干净净的大桌子边择菜。不在这里的人肯定是去室外干其他活儿了。加上甘比太太，厨房里总共五个人。乔治娜、薇拉·范托希特、纳塔查·冈萨雷斯和我。范托希特太太（我一直无法直呼其名）身材壮硕，她很胖，胖到她的脸差不多和肩膀一样宽。在她这张宽广的脸盘中央，有些小皱纹，长着一双狡黠的眼睛和一张嘟嘟嘴。

纳塔查·冈萨雷斯也偏重，但和范托希特太

太比起来就显得娇小了。纳塔查梳了一个圆髻。拥有印第安血统的她，头发比其他人都多，让我们很是嫉妒。她的脸是浅柠檬黄色的，这说明她肝不好。她的眼睛大得像西梅，眼皮沉重。

所有人都边聊天边工作，可我听不见她们说的话，只能专心清理四季豆；这个国家的四季豆长得巨大，而且两边都有像绳子一样的纤维丝。我们工作了差不多一个小时，突然发生了件怪事。纳塔查·冈萨雷斯把她那里所有的蔬菜和脏水都泼到了我腿上，然后她站了起来，手舞足蹈，双眼圆睁。她僵硬地站了至少两分钟，随后瘫坐在她的椅子上。现在她的眼睛闭着，脑袋耷拉在胸口。

"她能听见一些声音，"乔治娜对着我的耳朵大喊，"每当她那样，她就以为自己要获得一道圣痕，于是开始为复活节增肥。"尽管纳塔查已陷入狂迷，但我看见她嘴唇紧绷，仿佛她真的听见了。范托希特太太气恼地看着乔治娜，然后起身把湿抹布放到纳塔查头上。甘比太太说了些什么，我听不见，但似乎无关紧要。

一会儿之后，择菜继续。十二点一到，我们就到外面绕着花园散步，直到吃午饭。我腿上被浇了一大盆水，湿透了，得去换衣服。希望不会感冒。安娜·沃茨四肢舒展地躺在她的折叠椅上，好像在自言自语。

那天下午五点，我准时到达要开展运动的工作室。靠墙摆放着一些椅子，但房间里除了风琴，就没别的东西了。我们都安静地坐着，直到甘比太太出现，站在了风琴旁。我专门带来了号角，以免漏听了什么。我非常焦虑。

"今天下午我们从零基础开始，"甘比太太说着，一边用手划过自己的眉心，"我们来了一个新人，还没进行劳作。我将为她演示一下零基础。"她顿了顿，盯着地板看了一会儿，仿佛在调整状态，随后开始顺时针按揉胃部，并用另一只手敲头顶。我松了一口气，因为我在托儿所做过这个，重复甘比太太的动作并不难。演示了一会儿后，她在风琴前就座，然后全身心扑向这个乐器。如此娇小的身躯怎能爆发出如此巨大的能量？不止她的手臂、手肘、肩膀在起伏，她整个人都在座位上弹起落下，就像在骑一匹机械马。我们所有人都做了运动，每十分钟交换一次放在胃部上面的手。运动不费力，但我还是很高兴终于停下了。

甘比太太坐在她的椅子上旋转，在我把号角贴上耳朵前对着我说话。"啊？啊？啊？"我说道。于是，她重复道："玛丽安·莱瑟比，第一套动作不是逆时针的。请仔细看莫德·威尔金斯的动作，大部分运动她都很熟悉。"

相同的动作我们做了四遍，风琴声一次比一次响。"现在每个人起身，我们把第四套和第五套动作做两遍。玛丽安·莱瑟比请站在我旁边看其他人做，下一次你就要加入了。"

我走过去，乖顺地站在她旁边，她们开始做起我根本无法跟上的动作。我唯一看明白的就是，她们像鹳一样单腿站立，晃来晃去，看上去很是危险。剩下的就是朝着各个方向胡乱地快速伸展手臂，剧烈地摇头晃脑，再这样下去我觉得她们的脖子肯定会折断。随后在我身上发生了一件很可怕的事——

我大笑了起来，根本停不下来。我笑得泪流满面，我用手捂住嘴巴，期望她们以为我藏着一个悲伤的秘密，我是在痛哭而不是大笑。

甘比太太停止了风琴演奏。"莱瑟比太太，如果你无法控制自己的情绪，那就请你离开房间。"

我离开了，坐在最近的长椅上，不停地笑啊笑啊笑。这当然是很无礼的行为，可我就是控制不住。即便在我年轻时，我偶尔也会无法控制地大笑，抽个不停，而且总是在公共场合。记得有一次，我和好友马尔伯勒在一间戏院里，就因为一个穿双排扣长礼服的男人站起来朗诵了某首非常浮夸的诗，我笑得差点儿需要人抬出去。这到底是因为神经反射，还是因为我觉得那首诗真的太搞笑，我不记得了。我每次笑到抽搐，马尔伯勒似乎都在场。他喜欢把我的"发病"称作"玛丽安的癫笑"。他一直很享受看我出丑。这让我开始想象马尔伯勒在威尼斯过得如何。他必定时常坐着贡多拉小船到处游玩，很可能还带着他瘸腿的妹妹。我依然很疑惑：这个妹妹到底有什么问题？我和马尔伯勒做了三十年朋友，却连她的一张照片都没见过。肯定是某种惊人的怪病，比如长了两个脑袋。不过要是这样，他也没法带她坐贡多拉小船，除非她坐在纱帘后。要很厚的纱，或者甚至是粗棉布。

马尔伯勒来自上流贵族家庭，可想而知他必定有些另类之处。虽然我有个疯祖母，但我的家庭和贵族毫不沾边。不过母牛可以做贵族吗？市集上可是经常能见到双头小牛。

我正想着这些，范托希特太太一屁股坐到了我身边。她正因为刚才的运动气喘如牛。

"马尔伯勒与他的双头妹妹一同乘坐贡多拉小船四处游玩的时候，有人在为他吟唱《我的太阳》……"我说着，然后猛然住了嘴。我真得学会不要把心里想的说出来。那画面如此清晰，我仿佛真的透过贡多拉船上的柠檬黄粗棉布帘子看到了她的两颗头。范托希特太太没理会我刚刚说的，而是像要和我密谋什么似的，紧紧靠着我，让我很难调整好我的号角。

"你大可将你的人生悲剧向我倾吐，"她气喘吁吁地说道,"在我们见到那束光之前,我们都会在人生之路上遭逢自己的试炼与苦难。"

"我确实有难处。"我回答,想借此抱怨一下缪丽尔和罗伯特。这本来是我一吐为快的好机会,但我刚要说起电视机的事儿,她就用一个不耐烦的手势打断了我:"是的,我都理解。这世上没有什么人心的黑暗角落是我特别的洞察之力没有探查过的。我不像纳塔查·冈萨雷斯那样能看到异象。亲爱的纳塔查。但我能洞察精神世界,这让我可以帮助并安慰我的同类。我曾以微薄的一己之力帮助了许多迷途的灵魂转向光明之道。但我的天赋与纳塔查的神奇之力一比,就显得不值一提了。你知道,她被控制了,心灵操控是稀罕的美妙天赋。纳塔查是纯粹的容器,透过她我们才能看见不可见的神力。'**非我,而是于我之内行事的他。**'纳塔查经常说这句话,她如天主般谦逊,神之奇迹便是通过'不是我,而是我在天上的父'[1]这句话来显

1　参考《圣经·新约·马太福音》第16章第17节。(如无特殊说明,本书相关引用均据和合本)

现的。"

在她停顿的间歇，我赶紧把话题拉回罗伯特和电视机。"我的孙子罗伯特，"我说道，"有个恶习，那就是沉迷于电视。在他给家里装上这台可怕的机器之前，我都会在晚餐后坐在起居室给家人讲童话和我过去的逸事，以此作为娱乐。我很自豪，只要我想，我就能讲出十分有趣的故事。当然，一点儿也不低俗，而是诙谐幽默。当风湿病没有那么折磨我的时候，我甚至还能讲点儿刺激的。我的儿媳妇缪丽尔对我的风湿病毫无同情。她还贪食巧克力，经常把巧克力藏起来，真是个坏习惯。我时常想，加拉哈德怎么能忍受和缪丽尔这样的人结婚……"

我正说得起劲儿，可范托希特太太很快就用一个专横的手势让我住了口："你永远不该为任何事自满。就算琐碎如一件趣事，如果被当作自爱之源，也是一场精神瘟疫。谦逊是光的源泉。自满是荼毒灵魂的疾病。许多人向我寻求意见和精神安慰。当我将双手放在他们身上以安抚他们的焦虑，为他们注入爱与光明时，我总是说：'首先要保持谦逊。

杯满则溢。'"

她几乎坐在了我的身上，让我无法呼吸，但我还是决定多跟她说说缪丽尔："罗伯特把电视带进家后，我的儿媳妇就搞起了桥牌局。至少在我那个年代，还叫桥牌；现在他们称之为卡纳斯塔牌。如果有人来玩这个荒谬的游戏，他们真的会把我赶出起居室。第一晚，我拒绝离开，讲了十四个鹦鹉的故事，超过六个故事的结尾，我都没忘。"

我盼着她会让我讲讲其中一个故事。我刚决定给她讲约克郡鹦鹉的故事，她又说了起来："周三晚上，纳塔查会在我们的平房组织小聚会。我敢肯定，如果你加入我们，你的心灵将大受裨益。出席的只会有纳塔查、莫德、你和我，一切都温馨、亲密。纳塔查会把不可见的伟大存在给我们每个人的话转告我们。然后我们就牵着手围着一张小桌子，交换我们的心灵电波。有时精神世界会显灵，眷顾我们。"

鹦鹉的故事刚讲到一半，她就从长凳上站了起来，说道："周三晚，八点半，我们就恭候你光临小舍。不要告诉甘比太太，她自觉精神高人一等，很是嫉妒纳塔查的神奇能力。而且我们都对我们的小集会守口如瓶，只为专注于精神能量。"

她一边念叨着让人摸不着头脑的话，一边迈着沉重的步伐，缓缓走开了，留下我想着约克郡鹦鹉的故事到底是怎么结尾的。安娜·沃茨突然出现了，我站了起来，朝自己的小屋走去，假装没看见她。但她走得比我快，很快就追上了我。安娜其实没有妨碍我享受夜晚的空气，而且没有我的助听号角，她的声音听上去宛如遥远的呢喃，就像远方的足球场上人群的喧闹。我完全没费心去听，而是很高兴地看到金星出来了，正在树顶闪耀。我很想告诉安娜我有多喜欢这颗明亮的星球，但我知道这根本不可能。她看起来十分恼怒，很可能她又累死累活地劳作了一番，不过我实在想不出她做了什么能这么累人。

要是能找到几个，哪怕一个能无条件为你所说的话而兴奋激动的人，那真是太棒了。我幻想对着一群情绪高涨的听众讲鹦鹉的故事，一刻不停地讲上几小时，不被任何人打断，也没人打哈欠。或者再具体讲讲一直以来缪丽尔和罗伯特待我有多糟，以及本来个性鲜明的加拉哈德是如何逐渐被缪丽尔的絮叨侵蚀的。或许有人会说，这简直是白日做梦，但确实有人能讲个不停，也没人敢打断他。他们到底能说出什么如此有趣的东西呢？或许像冈萨雷斯太太那样能通灵的人还有可能引起别人的兴趣，要是这个人谈论的都是和听众息息相关的事就更好了。我猜，这就是秘诀所在。人们只喜欢与自己相关的事，我也不能免俗。

我们都想受人欢迎，但要付出怎样的代价呀？永远在谈论别人，绝口不提自己。真怀疑是否真的有人会乐在其中，当然，除非经常受邀出席有法式糕点的下午茶。要是有个很懂情趣的人刚好喜欢波特酒，那提供的就是酒而不是茶了。如果我是那个只谈论其他人的有趣人儿，就更好了。果真如此，他们可能会考虑换种饮料。

我看见自己坐在飘荡着猩红色窗帘的温暖会客厅里，被快乐、亲密但模糊的面庞环绕。我一杯接一杯地喝醇厚的葡萄牙葡萄酒，偶尔搭配一块法式泡芙。所有人兴致愈发高涨，我一到达灯塔，他们便开始热烈地鼓掌欢呼，安娜·沃茨消失了。她肯定已经注意到，我根本没听她在说什么。可怜的安娜，没有一个人喜欢听她说话，真是凄惨。

金星透过树顶闪耀着，快到晚餐时间了。我幻想晚餐能吃上一颗煮得恰到好处的鸡蛋，但现实是桌上有什么就得吃什么。虽然甘比医生允许我不吃肉，但我不能因此吃两份蔬菜，所以我有时没吃饱就下了桌。他告诉我们，人年纪越大，需要的食物就越少，过食是最快导致老年人死亡的方式。我敢说他是对的，但我们老人能从吃里获得许多简单的快乐。

我真想知道，我们如此朴素的饮食是如何把甘比医生和范托希特太太养得这么胖的。他们肯定在房间里开小灶了，不过我想不出范托希特太太是怎么搞到额外的食物的。甘比太太一直像山猫一样监控着厨房，储藏室也一直锁着。

我决定把我的想法和乔治娜聊聊，她似乎总

是消息灵通。我还决定和乔治娜讨论一下另一个重要问题，关于吃午餐时挂在我面前的画。吃饭时，甘比医生经常长篇大论地说些我根本不理解的理论问题。医生喋喋不休的时候，我正好有大把时间审视那个抛媚眼的修女。我的兴趣与日俱增。乔治娜是个文化人，经常提到曾疯狂爱恋她的艺术名人。所以我假装自己纯粹是对艺术感兴趣，问了她几个关于那幅画的问题。

"有可能是苏巴朗[1]画派的作品，"她说道，展现出平时难得一见的认真思考的样子，"很可能画于十八世纪晚期。自然是西班牙人画的，意大利人绝对画不出如此邪恶但迷人的作品。暗送秋波的修女。无名的大师。"

"你觉得她真是在抛媚眼，还是她那只眼睛瞎了？"我问道，迫切地想知道乔治娜对这位女士更私人一面的看法。

"她绝对是在抛媚眼；这下流的老丑妇正透过

---

1 指弗朗西斯科·德·苏巴朗（Francisco de Zurbarán，1598—1664），西班牙画家。

墙上的洞偷窥那些修士，看着他们穿着短裤欢腾。"乔治娜有点儿一根筋。"画面很美，"她补充说，"我很好奇，甘比一家怎么会让这幅画挂在他们奇丑无比的房间里。房子里的一切老早之前就该被烧毁，除了这个抛媚眼的修道院院长。"

毋庸置疑，这幅画拥有自己独特的力量，我很高兴乔治娜也很欣赏它。她如此有文化教养，几乎算是个贵族。

不过，真是奇怪，我一直想着这个抛媚眼的修道院院长。我甚至给她取了个名字，但我绝不会告诉任何人。我叫她唐娜[1] 罗莎琳达·阿尔瓦雷斯·德拉奎瓦，一个长长的好名字，西班牙风格的。我想象她是位修道院院长，在卡斯蒂利亚一座孤寂荒凉的山上，主持着一座巨大的巴洛克式修道院。修道院名叫"塔耳塔洛斯[2]圣巴巴拉修道院"，据说灵薄狱有胡子的女守卫会在这个幽冥之府和未受洗的小孩玩耍。真不知道我怎会有如此奇幻的想象，但这

1　唐娜（Doña），西班牙语中对女性的尊称。——编者注

2　塔耳塔洛斯（Tartarus），希腊神话中地狱的代名词。——同上

对我而言是一种娱乐，尤其是在无眠的夜晚。老人睡不了多久。

"是的，"乔治娜说道，"这些西班牙人深知该如何描画黑色衣纹。那种黑呈现的压抑感，比其他人的黑更高级、更深刻。老修女的长袍有兰花花瓣的质感和灵薄狱的色彩。这确实是一幅精妙的画。她的脸被硬挺的白色褶边包裹，如满月般明亮、迷人。"不知怎的，我觉得乔治娜对这张抛媚眼的修道院院长肖像画的理解，是我永远无法企及的。

来到明堂三天后，我第一次与甘比医生有了私人会面。他用一小张粉色便笺纸把我叫到了他的书房，纸上写着："玛丽安·莱瑟比请于下午六时到我办公室报到，L. 甘比，心理医师。"

办公室，或者说我们一般情况下所称的书房，在主楼的一层。那是一个小房间，带圆形阳台，阳台外是草地和西侧边缘的柏树。房间里塞满了小摆件和沉重的家具，让人窒息。书、杂志、铜佛像、大理石基督像、考古杂记、水笔以及其他各种装饰品，占满了房间的每一寸空间。甘比医生坐在巨大的桃花心木桌后——那桌将房间占去一半。他叫我坐下时，表现得很专业。我艰难地找到了可以落座的地方。

"我们不指望几个星期或者甚至几年就能看到劳作的成果，"甘比医生说，"但我们想看到努力。本机构建立的目的是让人们知道如何劳作。秘传基督教。我们所选的新人都是饱受现实生活的悲痛和苦难的人，他们对存在失望透顶，以至于他们的情感联结会因为挫败而日渐衰减。而这正是打开通往新知的心灵之门的大好时机。"

他眼神凌厉地看着我，但我只是不停点头，我一紧张就会这样。他在笔记本上写了点儿什么，然后继续说道："这个团体的每一位成员都受到了严密的监视和研究，以便他们能接受帮助。要是个人不合作、不努力，任何帮助都是白费。关于你这个独特案例的报告显露了你的以下几种内在杂质：贪婪、虚伪、利己、懒惰、虚荣。其中最主要的问题就是贪婪，那是一种掌控一切的激情。你无法在短时间内克服如此之多的心理畸形。并非只有你受制

于自己堕落的恶习，每个人都有缺陷，我们在这里所做的就是观察这些缺陷，并最终借助客观体察和觉知来消除缺陷。

"你被选中加入这个团体这一事实，就足以激励你去勇敢面对自己的罪恶，并努力减少它们对你的控制。"

这场谈话让我疑惑不解，甚至可以说冒犯到了我。我喃喃自语了一阵，理清思绪后说道："甘比医生，如果你以为是有人选中我作为你这个机构的新成员的，那你就错了。我被送来这儿，仅仅是因为我的家人想用不犯下谋杀罪行的方式将我这个麻烦赶走。我的儿媳妇缪丽尔之所以选择你的机构，是因为这是她和我儿子加拉哈德唯一能负担得起的老年妇女收容所。这围墙之中根本不可能有任何人曾听说过我，那你怎能暗示我是被这家机构选中的？"

"有些事你现在最好不要指望也不要试图去理解，"医生神秘兮兮地说，"专注、努力地完成你的每日工作。在你将自己从无意识习惯中解放出来之前，不要试图理解天意及其奥秘。罪恶和习惯是一回事。只要我们受制于习惯，我们便是罪恶的奴隶。我建议你从放弃花椰菜开始。我注意到你吃起这种蔬菜来毫无节制，这就是统治着你的激情，事实上就是贪婪。"

甘比太太肯定看到了我在厨房完成上午的工作时，偷吃了一小朵煮花椰菜。我一边点头，一边想着我一定得更加小心。

"看到你已经能面对自己的缺陷人格了，我真是既欣喜又振奋，"甘比医生说，"人格是吸血鬼，只要人格占据主导，真我就永远不会出现。"

我想说："没错，说的都对，可你比我还胖不少，怎么有脸批评我贪婪？"但我只能喃喃自语，而他却以为我在寻求精神指导。

"别受打击了，"他说，"当我们放弃报偿时，努力就会有回报。虽然贪婪是你的本性，但认识到那是一棵有破坏力的植株，将帮助你将其拔除，就像牙科医生拔出一颗龋齿。"

这么胖的人，必定至少和我一样贪婪咯？还

是说这和腺体有关？肥胖的人总说他们"腺体"有问题，虽然他们总是吃得比别人都多，比如缪丽尔，老是大吃巧克力，从不和任何人分享。

无论如何，这场关于可怕的贪婪的谈话无疑有助于调节老年妇女的膳食费。他那巨型办公桌的抽屉里肯定全是果脯、甜饼干、果汁软糖和黄油奶糖。最上层的抽屉，我猜是留给芝士三明治和冷烤鸡这种易坏的食物的，这样它们就不会被遗忘在底层抽屉里的某本账簿下。

"腺体个鬼！"我大声说道，"真是从没听过的瞎话。"

出乎我意料的是，甘比医生看上去很高兴，他立刻回答："你已经拥有实现自我体察的其中一个最重要的实际基础了。腺体及其功能是首批证明意志胜过物质的证据之一。"

"去你的腺体！"我回答道，但由于太过气恼，我的发音必定比平时更糟，而他只是继续告诉我该如何观察我的腺体。又小又胖的傲慢家伙跟我谈我的腺体！

由于房间非常温暖，说完这个，我肯定就睡着了。门被猛然推开，我一下子惊醒。进来的是打扮得像幽灵的纳塔查·冈萨雷斯。她穿着白色长睡袍，茂密的铁灰色头发披散在肩膀上。她发黄的脸因暴怒而双颊紫涨，她指着甘比医生，如复仇女神一般大喊："如果你不赶走那个女人，我今晚就离开这里。"

我假装还没醒，小心翼翼地把号角放到左耳上。甘比医生也有些激动地站了起来，让冈萨雷斯太太就近坐进摆在一摞平装小说上的椅子里。"平静点儿，纳塔查，记住你的特殊使命。"他说着，点了一根香烟，亲自放到她嘴里。我用一只眼睛看到了一切。我得说，甘比医生对待纳塔查·冈萨雷斯的态度着实出人意料。

"亲爱的女士，你必须为流经你身体的天赋献上平静。平静纳塔查，"他重复着，透过两块厚厚的镜片紧盯着她，"平静纳塔查，你很平静，已达冷静、平静的至臻境界，幸福喜乐。"

冈萨雷斯太太放松了些，现在快乐地抽着烟。

"你是平静纳塔查，你十分冷静，你正柔软地放松下来。现在告诉我，你刚刚进来时在说什么。"

"这关乎一条来自天界的消息，是由一个长着胡子的高大男人传给我的。"现在她的声音仿佛梦呓。不过，她仍用力地抓着椅子，指节都突出泛白了。"这个高大的胡子男潜入我的卧房，给了我一束白玫瑰，说道：'你是纳塔查，我于这光之源上创立了我的学说，我将天堂的玫瑰赠予你，于主而言，你的圣洁气息如花瓣般芬芳。我名为彼得，即磐石。'"

"告诉我，纳塔查，你是平静与冷静的，冷静、平静，幸福喜乐。"甘比医生说着，将一根食指置于纳塔查的额头之上。

"随后圣人牵了我的手，我们一起轻柔地飘了起来，他抚摸着我的头发说：'纳塔查，这些天国的圣洁玫瑰象征着你于茫茫众生中的劳作。你是纯粹的容器，主的意志通过你向他的信众显现。庆幸吧，你被选中引导他人，圣女纳塔查。'

"接着，"纳塔查继续说道，依然紧抓着椅子，睁开了一只眼，"他告诉我有一条给乔治娜·赛克斯的信息。他说：'告诉乔治娜·赛克斯，如果她继续散播关于她和甘比医生的恶毒谣言，她本就日渐渺茫的获得救赎的机会将被永远冻结。'"

我看见医生紧张地抽搐了一下。"什么谣言？"他厉声问道。随后，他调整了语气，催眠一般拖长声音问道："什么谣言，纳塔查？——你冷静、平静，幸福喜乐——什么谣言？"

纳塔查的声音完全没有充满幸福喜乐的冷静与平静，她恶狠狠地说："你听了那个恶毒、嚼舌根的老娼妇的话，会感觉像吃了苍蝇一样。她那双松垮下垂的眼睛会一次次向人抛媚眼。"

甘比医生轻轻做了个不耐烦的手势："什么谣言，纳塔查？回答我，你现在很放松、很平静。**回答我。**"

"她在整个养老院里到处跟人说，你试图勾引她，甚至还试图在晚上进入她的小屋。"

"可怕至极！"甘比医生愤怒地大喊，"那女人肯定疯了。"

"乔治娜·赛克斯就是个老淫妇，"纳塔查谄媚地说，"她就是个色情狂，绝不能让她和其他成员混在一起。她会扭曲其他人的思想。"

"我会立即和她谈谈，"怒火中烧的甘比说道，"这可能会毁了整个养老院的声誉！"

"还不止这样呢，"纳塔查补充道，"她大肆侮辱了我。自然，为了传递这条信息，我急忙去了她的小屋，带着我为我的使命所培养的纯洁心灵。'乔治娜，'我柔声说道，'我有一则消息给你。'她粗暴地回答：'如果是来自天堂的消息，那就去你的吧。'我吃惊、痛心，但我保持着我的内在光芒，责令她听听这则只会为她好的消息。接着，她把我推了出去，猛地关上了门。内心的平和仍使我容光焕发、高高兴兴地完成了一日辛劳。但半小时前，我不幸在倒挂金钟花丛中漫步时碰到了她。她拦住我，像一条被激怒的蛇一样发出嘶嘶声：'纳塔查·冈萨雷斯，你这个可悲的小人、伪君子，要是你胆敢再向我传达你那些可恶的信息，我就要冲你脸上吐口水。'整件事就是这样。我有责任让你意识到这个可怕的女人的危险性和背信弃义。如果她继续留在养老院里，我就退出。"

甘比医生似乎已经忘了幸福喜乐的平静。他现在搅着双手，不停走来走去，说道："这件事可糟透了。是乔治娜·赛克斯的侄子把她安置在这儿的，他付了双倍的钱，因为照顾她要耗费更多精力。早晨的保卫尔牛肉汁，每周换两次干净床单，睡前的按摩和阿华田。这真让人心烦，不能再让甘比太太受这些罪了，她的偏头痛会让我好几个星期都睡不好。"

纳塔查似乎对他的回答并不感兴趣，她说道："听我的，赶走她吧，她是个公共威胁。"

最后，我也起身离开了。我不知道医生是否看见我走了。他盯着窗外，看上去如此心烦意乱，我都可怜他了。我注意到，医生在甘比太太面前总是像打了霜的茄子，现在我明白了，他其实是怕她。她很可能也通过折磨他的胃来惩罚他。在我们这样的社会里，控制食物配给的人拥有近乎无限的权力。甘比太太对厨房的独裁统治让她拥有不公平的优势。我在想是否可以组织一场小规模暴动。

周日下午一般是访客时间。很多亲爱的家人会带着午餐来访，陪着自家老人在花园或草坪的角落野餐。我们剩下的人受不到这份特殊的照顾，则会坐在野餐的人附近，尽可能细致地观察，方便我们之后批判她们；可讨论的话题多多益善。而且，那些收到如烤鸡和巧克力蛋糕等丰盛食物的人，也会让旁边的人沾沾光。

过了好几周，加拉哈德和缪丽尔才来看我。他们到的时候都快下午五点了，带来了一盒五彩果汁软糖和一封来自卡梅拉的信。最让我高兴的是终于收到卡梅拉的消息了，但我按捺住了我的急不可耐，把那封厚厚的信放入口袋，只想在无人打扰的时候独自品味。

缪丽尔看上去更胖了，而加拉哈德嘛，看起来疲惫不堪。

"我知道你听到罗伯特订婚的消息肯定会非常高兴，"缪丽尔说，她的声音总是大得让人心烦，让我不得不听她说了什么，"我们高兴极了，因为他选择了一位可爱的英国姑娘，家境殷实。他们来自德文郡历史悠久的自耕农家族。布莱克上校带着弗拉维娅来到这里，两个孩子在由不列颠俱乐部组织的年度网球锦标赛上坠入爱河。我们都觉得他们是天造地设的一对，对吗，加拉哈德？"

加拉哈德说了点儿什么，但我听不见。乔治娜走了过来，夸张地向我眨了下眼。

"可怜的老家伙，"缪丽尔冲着乔治娜远去的背影大喊，"她看上去疯疯癫癫的。该给她穿点儿正常的衣服啊。"

乔治娜转过头邪笑着，我知道她听见了缪丽尔的话。我真为我有这么一个迟钝的儿媳妇而羞愧。另外，乔治娜根本不需要别人同情，我们都很欣赏她优雅、奢华的服饰。

"我的宝贝罗伯特现在长大成人，要娶妻咯，"缪丽尔以她那不变的刺耳声音继续说道，"他们将在六月结婚。这是不是一个激动人心的消息？"

"关于罗伯特的一切我都毫无兴趣，"我回答，"猫怎么样了？那只红母鸡呢？还有罗西娜和她的孩子们呢？"

"贝拉斯克斯老太太领养了那些猫，罗西娜把红母鸡带回她们村了。我们不得不赶走罗西娜，她的粗鲁无礼已经超过了限度。房子重新粉刷了一遍。那是罗伯特的主意。他想邀请他的未婚妻到一个美好、舒适的家里做客。你现在肯定认不出那栋房子了。起居室是深玫瑰色的，厨房是海蓝色。他们在卖一种新型塑性涂料，也是可洗的。加拉哈德买了几棵棕榈树放在门厅，我把它们移植到红色的漆桶里，那是我在美洲圣公会旧货义卖会上买的，非常实惠。"

卡梅拉带走了猫，她真好，我可松了口气。但红母鸡的结局就让我不是那么高兴了。印第安人村庄里的母鸡如果能活下来，都瘦巴巴的。缪丽尔继续高声跟我讲着各种事情。在我们合住的十五年里，她跟我讲的话还不到今天的一半。

"布莱克上校会一直待在这里，见证罗伯特和弗拉维娅的婚礼。在英国时他热衷运动，待在这里会让他错过狩猎季。不过，在这里，他经常打高尔夫球，晚上还会玩卡纳斯塔牌，所以他似乎过得很愉快。

"罗伯特和弗拉维娅会作为业余演员参与脚灯剧团的演出。他们在排演诺埃尔·考沃德的戏，应该会大获成功。弗拉维娅是这部剧的二番。"

一想到罗伯特要演戏，我就觉得恶心，所以我一言不发。

"伯奇太太很不爽，"缪丽尔继续说着，"竟然是弗拉维娅拿到了那个角色，她甚至当众大闹了一场。那个女人都那把年纪了，真是不知羞耻。还想演戏！她至少六十了。"

他们终于离开时，太阳已经要落山了。我为加拉哈德感到难过，但我早已无能为力。

卡梅拉的信在我的口袋里窸窣作响，我赶忙找了个安静的地方读信。再次看到她优雅的字迹和紫色的墨水，真是太让人开心了。

亲爱的玛丽安［她写道］，我真不知道你是否能看到，甚至是收到这封信。我无法相信可怕的缪丽尔能把信安全送到，就算她送到了，你可能也会因为受了太多罪而无法读信。

我做了几个可怕的噩梦，梦到你被关在那栋巨大、阴沉的水泥建筑里。现代主义风格的建筑总是十分压抑。光秃秃的活动场里全是吓人的猎犬，那些尖下巴的女警官让你们全穿着灰色制服踏步走。她们会命令你们缝麻袋吗？我一直觉得那是个没"钱途"的工作。周二晚上，我梦见你穿着约束衣逃跑了，蹦着走了好几英里。如果可以的话，偷偷带个信儿出来。那样我就能大大松一口气，因为我不确定他们是否会一直给你用吐真剂。

两只猫过得很好。我没来得及救下红母鸡。天哪，她肯定很快就被吃了。猫一开始还感觉陌生，但它们很快就适应了。所有猫都能通灵，你知道的，它们立刻就能与我通感。

除了关于你的噩梦，我还反复梦到一个塔楼上的修女。她的脸可太有趣了，因为一直保持着睁一只眼闭一只眼的样子，所以有点儿变形。我想不出她是谁，或许是可以和我精神相通的人？

　　我正在考虑去看你一次，不过，要是我们得在女警的监视下隔着铁栏说话，我就不能如我设想的那样给你带一块巧克力蛋糕加一瓶波特酒了。如果可能的话，让我知道铁栏之间的距离，这样我就能算算什么尺寸可以放进去。香烟总是能给人宽慰，而且即使是最窄的空间也足够递一支香烟过去。要不要我给你带叶子烟来缓解你的悲苦？我听说阿拉伯人会偷偷在圣范迪拉市集卖这种烟草。如果要买，我还得全副武装，那里可是这个城市十分危险、难搞的地区。自然，我会想尽各种办法帮你减轻痛苦，但要弄到哪怕一丁点儿叶子都困难重重，所以如果你真的需要，请你务必在信里准确说明。

　　制订探监计划真是太让我着迷了，因为我为每种场景设定了不同的伪装，这样一来，万一我要帮助你逃跑，我的假身份才不至于引起怀疑。新来的女仆埃莉莎告诉我，她的祖父有一套老旧的墨西哥牛仔服，是他过世的雇主留给他的，他很乐意出租这套衣服，只须给他一小笔钱。我本来挺想打扮成匈牙利将军的样子过来的，但这种制服在这些地方少见。斗牛士的衣服也挺五颜六色的，但我想可能会很贵。不管怎样，我不应该太注重细节，那样可能会引人怀疑。一般来说，一大把假胡子加深色眼镜，就足以大大改变一个人的外貌了。

当然，要是我们能通过地下路径通信就方便多了。为了实现这一目的，我根据白蚁工程学制订了一些计划，因为我想我们是没法弄到机器的。我将计划附在信里了，请小心，以免落入当权者手中。万一被查获，我们两个都在劫难逃。他们说，洗脑是最新的酷刑，拇指夹早就过时了。怕你不知道洗脑，我给你解释一下，那是一种精神折磨，折磨者会让你持续焦虑不安，很快就会把你逼疯。

所以千万小心，他们要是告诉你，你就要去见行刑队了，不要理会。拒绝接受任何注射，即使他们说那是维生素也不行，那很可能是吐真剂。洗脑的这一步，就是让你发誓你做了许多你甚至从没想过要做的事。

我一直梦到我死了，还得自己埋尸。这真的太糟糕了，因为尸体已经开始腐坏，而我还不知道把它埋哪儿。昨天晚上，我又做了相同的梦，梦到了抛媚眼的修女，接着是埋葬自己尸体的苦活儿。我本来已经决定要给尸体做防腐处理，然后送到家里来，货到付现。但丧葬公司刚到这儿，我就因为不得不面对自己的死尸而方寸大乱，以至于我没付钱就把尸体送回了灵堂。我们不用真的操心费力办自己的葬礼，真是太好了。

一定要仔细研究我附上的计划，然后写信回复我。我还在信里塞了两比塞塔，你可以用来贿赂某个人，让他帮你把信偷运出养老院。我还需要你画下养老院的整个布局，你可以悄悄地做。你画画的时候，要感觉你正坐着直升机在上空盘旋，不要把它当成普通的水粉画。要是我在填字游戏中赢得了一架直升机，那岂不是妙极？不过，我恐怕希望不大，因为他们从不给如此实用的奖品。

我知道你处境之恐怖，但不要完全放弃希望。我正调动我所有的脑细胞来帮助你获得无条件的自由。

你永远最亲爱的，卡梅拉

反复读了几遍卡梅拉的信后，我陷入了沉思。抛媚眼的修女只可能是唐娜罗莎琳达·阿尔瓦雷斯·克鲁斯·德拉奎瓦。卡梅拉竟能通过心灵感应看到她，真是太不可思议了。等我跟她讲了这幅油画，以及一直在我脑海中萦绕不去的修道院院长，她会多么兴奋啊！

卡梅拉在养老院和她家之间建造地下通道的计划很难实现。谁来挖呢？我们去哪儿找炸药来炸通地下岩层？要是用镐来挖，至少要挖十公里，我和卡梅拉永远也做不到。

尽管如此，我还是决定认真画下养老院的布局图，尽快将它寄给卡梅拉。我没听过有人无法通信的，很多太太都收到了未经审查的信件，所以没必要如卡梅拉建议的那样把信偷运出去。这就让一切简单多了。善良的卡梅拉自费收留了我亲爱的猫咪。我多渴望再见到她，和她一起在走廊上吮吸紫罗兰味的含片。

今天是周日，所以晚餐比平时更随意。桌上放着烤牛肉冷盘和土豆沙拉，没人传菜。我们在起居室里吃了乳酪和小圆面包配咖啡。这天女佣不在，我们轮流洗自己的餐盘。这顿饭之后，我们被允许有一小时安静的娱乐时间。有人聊天、做针织或玩些简单的游戏。侯爵夫人克洛德·拉谢希雷勒和莫德总是在晚饭后玩蛇梯棋。这个例行仪式我还挺喜欢看的。侯爵夫人总是运用军事策略移动她的棋，一边向我们讲述她在欧洲和非洲各地打过并且打赢了的可怕战役。胆怯的莫德从不敢打断这些讲了无数遍的战时回忆。

"泥都淹到我们的脖子了，"侯爵夫人会一边说着，一边将骰子扔在棋盘上，"我和上尉露出战壕窥视敌情时，子弹嗖嗖地从我们的帽子上穿过。德国人用他们的大炮无情地向前推进。坦克上的机关枪也突突响个不停，就像复仇机器人。我们陷入了绝境。我们累到了极点，但使命感让我们坚守岗位，没有倒下。'唯一的希望就是直接进攻，我的上尉 [1]，我们两翼受敌。'上尉坚毅的下巴明显收紧了。'这会是对军队的无情谋杀。'他回答，脸上覆满已经干掉的泥浆，锐利的蓝眼睛仍直视前方。我紧紧抓住他的手臂，指着我们身后的大海。'我们又能退去哪里呢？'我说道，激动的情绪让我声音沙哑，'难道我们宁愿被坦克碾入泥里而不是殊死战斗吗？''你的建议一如既往地让我不得不臣服，'上尉说道，'向前 [2]！'

　　"就这样，伊珀尔战役 [3] 的形势最终倒向了我

1　原文为法语 "mon capitaine"。

2　原文为法语 "en avant"。

3　"一战"期间，协约国军队与德国军队在比利时西部的伊珀尔地区进行了三次战役。

方，"侯爵夫人继续谦逊地说道，"我们大部分战友都牺牲了，其中一些试图穿越海峡游到多佛尔，结果淹死了。我们的小部队迫使德军坦克在持续炮轰二十四小时后撤退。"

那一刻莫德扔出了个六点，爬上了一节梯子，就快赢了。侯爵夫人暗骂一声，扔了个二，无甚大用。"周日我总是不走运，"她说，"我生在周二，如果这算幸运的话。但我不抱怨，因为我的人生跌宕起伏，精彩不断。比如，我记得在北非我们是如何躲过德军狙击手的。我们被迫行军穿过荒凉的多山地区。我是我们营的二把手。我们当时正在护送两辆红十字会救护车前往沙漠……"

"恐怕是我赢了，"莫德胆怯地说，"肯定纯属运气好。这个游戏不像象棋，不需要什么技巧。"

"你的确赢了，"侯爵夫人说，细看着蛇梯棋，"不过我认为，竞技本能比总是赢更重要，那么就让我热情恭喜你吧。当然，如果不是周日，我很可能会赢。"

甘比太太摇响了小铃。我们全体起立，回到

各自的小屋。我很庆幸自己住的是瞭望台，而不是像侯爵夫人一样住在一朵水泥毒蕈里，虽然她从没抱怨过每次她想上床睡觉都得爬一段楼梯。那肯定让她忆起了在弹坑里爬进爬出的快乐日子。

月亮接近满月，照亮了花园里的路。我和莫德一起走回她和范托希特太太同住的联排小屋。

"月光总让我想起瑞士，"莫德伤感地说，"小时候我常去米伦玩冬日运动。一直以来我滑雪都滑得不怎么样，但我滑冰还行。并不是花样滑冰，也不是什么了不起的东西，只是普通的滑冰。"

"是的，没错，"我回答道，"我最爱被月光照亮的雪地。多年来，我一直想去拉普兰，只为能坐着白色长毛狗拉的雪橇游玩、欣赏雪景。再往北，他们使用同样会产奶的麋鹿。我猜他们应该也做奶酪，不过我觉得那奶肯定有股我讨厌的羊味。"

"我们绝不能让自己变成白日梦的囚徒，"莫德说道，"甘比医生说做白日梦比骑自行车更损耗精力。我敢肯定他是对的，但我不够聪明，理解不了他告诉我们的一切原理。不过，在我们这个年纪，很难不稍稍沉湎于某些小乐趣。我知道你会觉得我愚蠢，但有时候，我发觉自己幻想着我正在北方某地沙沙细语的桦树林里漫步。那是早春时节，残存的霜让我脚下的草嘎吱作响。"

"我太了解了，"我热切地说，"桦树林，银色的桦树，比这些碍眼的棕榈树看起来鲜活多了。"

"如此生机勃勃，"莫德继续说，"都能编织出一个完整的故事了。如果我跟你讲讲我的幻想，你会不会很介意？"

"我十分乐意听。"我回答道，一边又希望不会花太长时间，因为我想开始写给卡梅拉的回信，怕来不及。甘比太太要求十一点全体熄灯。

"嗯，"莫德说道，"白日梦中的我穿着花呢长裤、皮夹克和结实的布洛克鞋；我吹着口哨或是哼着歌，独自漫游。我没法吹口哨，因为我牙没了。桦树林里满是潺潺小溪，我踏着光滑的石头跨了过去。有时石头很滑，我就得用我一直带着的结实的荆棘拐杖稳住身体。如此清澈、欢腾的小溪啊，仿佛能带来一切纯真的欢乐！清风吹动桦树叶，空气清新凉爽。走着走着，我意识到我有事要做，很快，一阵欣喜的战栗划过身体，我知道要做的是什么了。我必须找到一个魔法杯，就藏在树林里。接着我碰到了戴安娜与她的狗的大理石雕像。她半身覆盖着苔藓，永恒地在森林里大步行走。魔法杯就躺在雕像底部。那是个银色酒杯，金色蜂蜜满溢。我喝了一小口蜂蜜，然后将杯子还给了戴安娜，并满怀感激地做了祷告，或者事情并非如此。我尝试喝蜂蜜，但蜂蜜太过浓稠，我不得不四处寻找勺子。找不到勺子，所以我在舔了舔杯沿后，将仍然盛满蜂蜜的圣杯还给了女神，然后我献上了致谢祷词。

　　"戴安娜的雕像就在后面不远处，而我在一块石头下找到一小把藏得并不严实的铁质钥匙。我知道这钥匙会派上用场，所以我将它放进了口袋。突然间，我发现自己真的站在一扇木门前，门嵌在长满苔藓的墙上。我在犹豫是否应该把门打开，并把铁质钥匙插进锁里试了试。就在这时，一个人突然从我背后靠近，粗暴地将我推入门内。门自己就打开了，我跌入了一间奇异的华丽卧室，装饰风格似乎是文艺复兴时期的。但我对艺术一无所知，它也很可能是哥特风，甚至是巴洛克风。四柱床上躺着个戴褶边白色睡帽的女人。她在对我抛媚眼，我认出她就是餐厅墙上挂的那幅油画里的修女。"

"确实奇怪得很，"我说，"自我见那幅画第一眼起就难以忘怀了。那个修女是谁？"

"没人知道，"莫德说，"或者说他们都假装不知道，不过我一直觉得克丽丝特布尔·伯恩斯要是愿意，能讲出很多东西来。可她一直神神秘秘的，从不对任何人多说。"

"或许她是因为自己的黑人身份而感觉格格不入，"我说，"黑人女性从我们这里得到了各种不同的'纪念品'。我一直想和她聊天，但她总是行色匆匆。"

"嗯，我想我得赶紧上床了，"莫德说，"我和范托希特住一个屋。你知道薇拉的。她不喜欢我晚上床，她说她能透过墙听到我脱鞋的声音。她睡眠很浅。我很欣赏薇拉的。她是个有精神内涵的人。我恐怕永远无法达到她的层级。"

"是的，她跟我说你们周三晚上开降神会。"

莫德似乎有点儿惊讶。"她告诉你的？"她说，"那就意味着她必定觉得你有可能入会。我真希望你能在周三加入我们。"

"谢谢你，"我回答，"我很荣幸。"我想她们可能会准备些小点心，也许还有利口酒。有人告诉我，范托希特太太自有她的门道。她那么胖肯定有原因。

"纳塔查·冈萨雷斯怎么样？"我问道，"人们说她有超自然力量。"莫德略犹豫了一下，答道："是的，她也是个有精神世界的人。她有幻视。晚安，我真的得在薇拉之前上床。"

她就这样走了，我还在想为何她在我提到纳塔查·冈萨雷斯时看上去如此害怕。月亮高悬天空。我开始写给卡梅拉的回信。十分遗憾，她不能亲身观赏这些谜团。我想过让她来度周末，前提是我能得到甘比太太的许可。卡梅拉肯定对他们每个人都有一套有趣的理论。在回瞭望台休息前，我站在外面欣赏月亮和星星，通过我的号角倾听在夜色下活动的生物。远处的安娜·沃茨在自言自语，蟋蟀在鸣叫，附近还有只夜莺在歌唱。此时我在想，我把我的笔和墨水放在哪儿了呢？纸，我知道，就在楼上的壁橱里。

我给卡梅拉写了所有我能想到的新闻，写完我就去睡觉了，剩下的就交给明天吧。月光透过窗户照了进来。我睡不着，但我躺着，半梦半醒，现在这已经是我的常态了。遥远过去的回忆如泡泡般在我脑海中升起，那些我本以为早已忘却的事又清晰地浮现，就像刚发生一样。

卢森堡花园和栗树的味道，巴黎。圣日耳曼-德普雷区，和西蒙在一家咖啡店的露台吃早餐，他的面庞仍清晰可感，仿佛依然生机勃勃，但西蒙应该已经死了三十年了，据我所知，他什么都没留下。西蒙说话就像在讲《一千零一夜》——爱与魔法的故事。后来，我又梦到我在一座大花园的低凹处建的夏舍里，和西蒙一起准备午餐。我有件重要的事要问他，于是碰了碰他的胸口。"可是你和我一样真实可感啊，"我告诉他，"噢，西蒙，你为什么在揭开这一切的谜底前就死了？西蒙，死亡是什么感觉？"这就是我要问的问题，我感觉很羞愧，他似乎一瞬间有点儿晃神，随后他说道：

"你一直都觉得就快结束了，但一直没有结束。"他有一双漂亮的眼睛，就像一只暹罗猫。西蒙迷失在无边无际的暮光花园中，永远不得自由，而他如此博学。西蒙啊。或许我仍会在巴黎，噢，那份幸福啊，只要能沿着码头走走，欣赏欣赏图书，或者在新桥上看看塞纳河就好。我会走上圣安德烈艺术街，前往市集买午餐所需的红酒和布里干酪，我吃得不多，这就够了。皮埃尔，美术街。聪明的皮埃尔有着各种精妙的理论，却以悲剧收场。他在浴缸里淹死了，人们说他是被一个静物画画家谋杀的。皮埃尔曾因在杀人犯让·普里萨尔的某幅画中看到一根胡萝卜而大发雷霆。愤怒的艺术家偷溜进皮埃尔的公寓，发现他在浴缸里，于是将他按在水里直至他断气。可怜的皮埃尔，我不记得杀他的人有没有被送上断头台。皮埃尔在绘画方面天资聪颖，极其敏锐。如果一张画布上根本没有同一种颜色叠

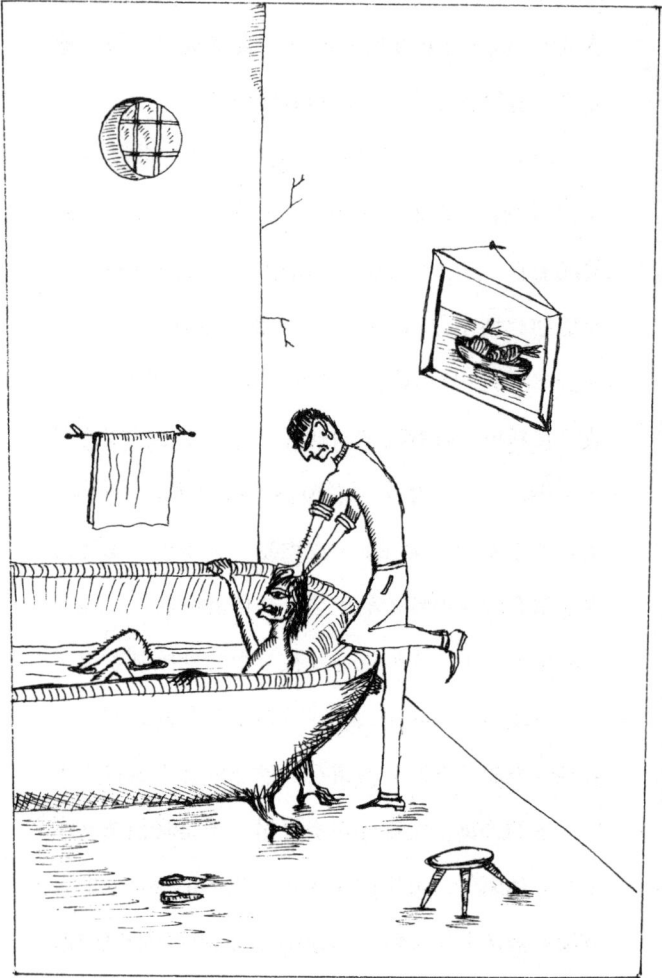

加的痕迹，他很可能会惊恐到昏过去。形式，他说，过时且俗不可耐。因此，那根胡萝卜——很可能根本就不是胡萝卜——让他猝然早逝。

　　周一或周二，我忘了是哪天，我坐在蜜蜂池塘边尝试自学钩针编织。甘比太太说懒惰是我那可怕的贪婪的真正原因，所以我想我可以试试织条围巾。莫德给了我一些绿色羊毛线，还给我上了节钩针课。钩针编织远没有她想让我相信的那么简单。我停下来欣赏蜜蜂，感叹它们如此勤劳高效，突然，纳塔查·冈萨雷斯出现了。她头上包着淡紫色头巾，就像牙疼发作了似的。

　　"我真的精疲力竭了，"她说道，翻着白眼，眼睛像大西梅一样滴溜溜地转，"三天都不能合眼。"

　　"或许你问问甘比太太，她会给你些塞德布罗尔。我相信那个药效果绝佳。"我好心地说。纳塔查抱紧脑袋痛苦地说："塞德布罗尔！不过你肯定不懂。我困得头晕眼花，只是因为有老鼠，我不敢闭眼。"

这让我吃了一惊。我一直很怕老鼠。"太可怕了！"我说，"你的房里有老鼠？"

"**巨大的**老鼠，"纳塔查说，"我敢说那些老鼠几乎有西班牙猎犬那么大。我肯定不敢睡觉啊。它们可能会啃掉我的鼻子。"

"好可怕！"我紧张地说，"甘比太太应该养猫。这里可以轻松养下十二只猫，猫是如此美丽的生物。老鼠连猫的气味都受不了。"

"甘比太太对猫过敏，"纳塔查说，"猫会让她起疹子。"

"胡说八道！"我大声说道，"一只健康的小猫崽可是再干净不过了。我在家的时候，没我的猫陪伴，我是绝对不肯睡觉的。"

纳塔查斩钉截铁地说："就算能救她一命，甘比太太也不会碰猫的。她不肯让猫靠近这个地方。没别的办法，只能放老鼠药了。我会请她给我买几包'最后的晚餐'老鼠药。那种药的毒性最强，老鼠会立即毙命。"

"如果老鼠真的像西班牙猎犬一样大，那么它们死在地板下，你会立刻被臭味熏出房子。"

"我会为了赶走这些可怕的生物而牺牲自己，"纳塔查说，"而且闻到它们的气味可比鼻子被它们咬掉好多了。"

"我并非有意打扰，"乔治娜在一丛茉莉花旁探头探脑地说道，"不过从我十年前来这儿至今，还没见过一只老鼠。"

"蛇蝎女人！"纳塔查大喊，"我建议你不要和乔治娜·赛克斯说话。她是个危险、堕落、恶毒的女人！"她将淡紫色头巾紧紧裹在下巴上，伸出短短的食指指着茉莉花丛。"蛇蝎女人！"她透过头巾发出嘘声，"有毒的爬行动物！"她拔腿就走，嘴里还咒骂个不停。

乔治娜晃到我身边坐了下来。"客观地讲，"她说，"纳塔查·冈萨雷斯臭臭的。我给纳塔查起了个昵称。我叫她'圣拉斯普蒂娜'[1]。她所说的

1　指涉格里高利·叶菲莫维奇·拉斯普京（Grigori Yefimovich Rasputin, 1869—1916），俄罗斯帝国神父、神秘主义者，自封为圣人，与沙皇尼古拉二世交好，因此获得了巨大的影响力。

老鼠那些事全是瞎扯；她在撒谎。'拉斯普蒂娜'会把她母亲卖给白人奴隶贩子，只为有点儿名气。她像希特勒一样有权力情结。她编出像西班牙猎犬那么大的老鼠，正如她编出她和电线杆那么高的圣人亲切交谈一样。归根结底都是一回事——权力，以及更多的权力。她被关在老年妇女之家里，真是人类之幸啊。"

"我希望你说这里没有老鼠是真的，"我回答道，"我一直怕老鼠，虽然我相信大部分动物我都喜欢。"

乔治娜突然好奇地盯着我用钩针织的围巾："说到动物，你正在用棒针给草蛇织无袖外套吗？"我根本不指望乔治娜能猜到这是条围巾，但很明显，我是在用钩针编织，而不是棒针。

"不是，"我有些气恼地说，"根本不是。"

"你从哪儿得来的如此让人恶心的绿色羊毛线？它让我的假牙都开始打战了。"

"乔治娜，你有时候真的太爱挑毛病了。莫德·萨默斯好心送给我这可爱的绿色羊毛线，我觉得它有一种让人舒心的春日色彩，就像栗树的新叶。"

"我希望你没打算最后把它戴上身？"乔治娜说道，没理会我的指责，"你会看起来像被洪水淹没的挪亚。绿色不适合你，穿上它你就过于绿了。"

"你肯定不希望我穿得像个初入社交场的淑女吧？"我问，"另外，挪亚不会被水淹。他有方舟，你知道的，船上全是动物。"

"所有人都知道《圣经》不准确。没错，挪亚确实坐着方舟躲开了洪水，但他喝醉了，跌下了船。挪亚太太跑到船尾，看着他被水淹没，什么也没做，因为她能继承所有牲畜。《圣经》里的人都很卑鄙，而且在那个时候，你所有的牲畜，就像你的银行账户。"

乔治娜起身将她的烟蒂扔进蜜蜂池塘，烟蒂发出让人不快的嘶嘶声。

"你要去哪儿？"我问，我一直很喜欢和乔治娜聊天。

"我要去读小说，这样你就可以继续织你那可怕的短袜了。"她扬长而去，步态优雅，留下一抹淡香，让我想起了和平街[1]。

晚上，邮差送来了一张我的明信片。明信片上是一幅彩图，描绘的是威尔士卫队和一只山羊在向白金汉宫进发。

> 夫人精神矍铄。昨日，我们观看了门球总决赛。赛事激动人心。双方都疲惫不堪。夫人致以问候。愿您与我们皆身体康健。
>
> B. 马格雷夫　敬上

尽忠尽善的马格雷夫时时让我了解母亲的身体状况。都一百一十岁高龄了，还对体育感兴趣，真是了不起，不过母亲的人生比我的人生轻松太多。自从十八岁离开爱尔兰后，母亲一直过得快乐无边。斗蟋蟀、狩猎、旧货义卖、摄政街购物、打桥牌以及到"波默罗伊夫人"（一家不时髦的美容店，就

---

1 和平街（Rue de la Paix），位于巴黎市中心的时尚购物街，尤以珠宝店闻名。

在皮卡迪利广场附近）做面部按摩。母亲不赶流行其实是她魅力的一部分。我们永远不是到得太早就是到得太晚。我记得某年二月，我们于一场暴雪中来到比亚里茨[1]。母亲觉得这样的天气是对她本人的侮辱，她相信里维埃拉[2]坐落于赤道，比亚里茨的暴雪让她坚信，极点在移动，地球即将跌出轨道。在一家如维多利亚车站那么大的酒店里，我们是仅有的客人。"怪不得没人来比亚里茨，"母亲说，"空空荡荡。明年我们去托基[3]，那儿便宜多了，而且天气也温和多了。"

我们去了蒙特卡洛[4]，母亲在赌场里找到了她的精神家园。天气被她抛诸脑后。我和一家旅行社的职员有过一点儿小暧昧。他卖给我们去陶尔米纳[5]的票，于是我们就来到了西西里。在陶尔米纳，我和一个名叫但丁的酒店领班发生了更多浪漫

1　法国西南部城市。

2　地中海沿岸区域，与上文的比亚里茨纬度相近。——编者注

3　英格兰西南部德文郡的一个海滨城镇。

4　摩纳哥旅游胜地。

5　意大利西西里岛的一个小镇。

故事。他低价卖给我们一幅弗拉·安杰利科[1]的画，结果画是假的，根本不是我们所想的划算买卖。但那里天气晴好，九重葛盛放。

回程途中我们去了罗马，观赏了意大利军官，他们戴着像煤斗的帽子，穿着华丽的蓝色披风。

我们乘坐四轮大马车去了地下墓穴。我们在圣彼得大教堂兜了一大圈，欣赏米开朗琪罗的穹顶。母亲赏够了艺术，决定我们得去一趟巴黎买衣服。"巴黎的衣服，"母亲说，"世界闻名。"于是我们就去了巴黎，到春天百货购物。母亲很失望，她想买棕色的缎面短衬裤，但遍寻不得。"还不如伦敦呢，"母亲说，她买了一顶并不适合她的水手帽，"我花一半的钱就能在摄政街找到一模一样的东西。"

我们去了女神游乐厅[2]，母亲觉得以我的年龄

---

1   弗拉·安杰利科（Fra Angelico，约 1395—1455），意大利早期文艺复兴画家。

2   巴黎著名的卡巴莱夜总会，演出以华丽的服装、堂皇的排场和异域风情著称，有裸体表演。

已经可以看米丝廷盖特[1]了。"那些裸体女人看得我兴致寥寥，希腊人几年前就做过了。"母亲说，她还在为棕色缎面短衬裤闷闷不乐。那天晚上，我们去了巴黎春痕[2]，母亲和我都玩得很尽兴。我和一个十分合我心意的亚美尼亚人跳了舞，第二天他打了电话到我住的酒店。母亲买了回伦敦的票，亚美尼亚人还没来得及卖给我们什么东西，我们就离开了巴黎。

回到兰开夏郡，我突发幽闭恐惧，于是试图说服母亲放我去伦敦学绘画。她觉得这个想法又懒又蠢，并就艺术家这个话题对着我长篇大论。"绘画没有任何问题，"她告诉我，"旧货义卖的盒子都是我自己画的。有艺术才华和真的成为艺术家，这两者之间还是有区别的。你的姨妈埃奇沃思写小说，还和司各特爵士交好，但她绝不会称自己为'艺术家'。那可就不妙了。艺术家伤风败俗，他们集体

1　米丝廷盖特（Mistinguett，1875—1956），法国演员、歌手，曾是全世界出场费最高的女艺人。

2　巴黎著名的卡巴莱夜总会。

住阁楼，你享受了这么久奢华舒适的生活，根本适应不了阁楼。而且，家里有什么阻碍你画画了吗？这里有各种风景如画的幽僻处，你大可尽情画。"

"我想画裸模，"我说，"这儿可找不到裸模。"

"怎么找不到？"母亲狡辩道，"各地没穿衣服的人都是裸着的。"最终我还是去了伦敦学习艺术，并和一个埃及人坠入了爱河。遗憾的是我从没去过埃及，但多亏母亲，我年轻时几乎游遍了欧洲。

伦敦的艺术似乎不够现代，于是我萌生了去巴黎学习的念头，那里的超现实主义运动正盛。现在的人已经不觉得超现实主义现代了，几乎每一个乡村教区牧师的住所和女子学校的墙上都挂着超现实主义画作。甚至连白金汉宫都有一幅马格里特的名作复制品——一片火腿中间瞪着一只眼睛。我想它应该是挂在王座室里。时代确实在变。最近，皇家艺术学院举办了一场达达艺术回顾展，他们把美术馆布置得就像一间公共厕所。在我那个时代，伦敦人民肯定会大吃一惊。如今，市长阁下以关于二十世纪艺术大师的长篇演讲拉开展出的帷幕，王太后在汉斯·阿尔普[1]名为《肚脐》的雕塑上挂了一串剑兰花环。

我的思绪兀自向前狂奔，或者说向后，如果我无法控制这些回忆——真是太多了，我永远也无法继续我的讲述。好吧，如我之前所说，我不记得接下来的事件到底发生在周几。很可能是周一或周二。周三、周四、周五也不是没可能。但我不觉得是周日。不管怎样，这一切就发生在我收到马格雷夫寄来的明信片前后。

我故作不经意地透过窗户往厨房里瞧，想看看附近是否已经没人了，这样我就能偷点儿吃的。

不幸的是，甘比太太正坐在厨房里剥豌豆。不过，有一件不同寻常的事引起了我的注意。甘比太太的膝头趴着一只黄色大公猫，而且她正温柔地抚摸着它。任何天生怕猫的人都不可能让猫坐在他们腿上，更不会对猫温柔细语。我又想起了纳塔查说的关于老鼠和甘比太太的话。在好奇心的驱使下，

1　汉斯·阿尔普（Hans Arp，1886—1966），德裔法国雕塑家、画家、诗人。

我走进了厨房，提出要帮她剥豌豆。

"坐吧，"甘比太太说，"我很高兴看见你正在努力对抗懒惰。"

"那只公猫真俊，"我对甘比太太说，"很多人讨厌猫，不过我最喜欢的宠物就是猫了。"

"我爱猫，"甘比太太说，"亲爱的汤姆总是睡在我的床尾，就好像它很想治愈我的头痛。不过它几乎总是待在我的房间里，因为如果给予猫过多自由，它们就会跑得不知所终。"

"怪不得我之前没见过它，"我说，"让我抱它一会儿吧，我好久没摸猫了。"

毫无疑问，甘比太太觉得我越界了，所以她改变了谈话主题。"我们每周有一次烹饪课，"她说，"可以通过为其他人做甜食而自己丁点儿不尝来锻炼自制力。"

对我而言，这绝对是虐待，可我当然不敢告诉甘比太太我的真实想法。我只是问了我们是按照食谱来做，还是自由发挥。

"大家想做什么就做什么。当然，原材料都是额外的花销，所以为了你们的家庭考虑，我们不用什么昂贵奢侈的东西。有的人会用食谱，不过我个人认为最好还是凭记忆做菜，这能防止脑子生锈。劳作中的所有努力都是有用的。"

"过去我能做一些美味佳肴，法式烹饪，你懂的，不过烘焙从来不是我的强项。"

"在厨房里装模作样并不比在客厅里装模作样好，"甘比太太回答道，"而且你的家人根本没表现出他们愿意多付点儿钱。我们的烹饪预算已经太高了，不能让你们仅仅为了炫技就弄出些昂贵的食物。"

说完，甘比太太对我一展她的标志性苦笑，我知道这是在说我该走了。

我猫都没摸到就离开了厨房，真让人沮丧。

这件事发生没多久，烹饪课就开课了，于是纳塔查便在某天下午做起了巧克力软糖。等到软糖冷却得差不多了，命运便觉得是时候给甘比太太安排一位访客了。她急忙去了客厅，留下纳塔查和范托希特太太单独在厨房里。其实我没有参与制作软糖，只是饶有兴致地站在厨房的窗户外观看。

纳塔查对范托希特太太说了些什么。范托希特太太走到门边往外看了看。她们从门那儿看不到我，因为我被倒挂金钟花丛挡住了。她又回到桌边，坐在纳塔查身旁，点了点头。纳塔查从口袋里拿出一把指甲锉，在大概六块软糖上钻洞，然后她打开了一个小包，将里面的东西平均放入挖空的甜食中。接着，那两位女士将挖出的软糖放在平底锅上加热，再重新灌入洞中，了无痕迹。整个过程没花多少时间，她们似乎很慌忙。纳塔查将装满不明物的软糖用蜡纸包起来，没对范托希特太太说一句话，就急忙走出了厨房。范托希特太太又点了点头，紧张地笑了笑。

我靠墙蜷缩着，所以纳塔查快速走过的时候没有看到我。纳塔查刚走出来，莫德就从我对面的忍冬花丛中抽身而出，尾随纳塔查而去。莫德不可能看到厨房里发生的诡异一幕，所以我只得猜测她在这一片潜伏的理由和我一样。我让莫德和纳塔查先走，随后我抄近路来到纳塔查的冰屋后面，屋后有一个低矮的护栏，从那里可以看清屋里的情况。纳塔查走进冰屋，将软糖放进一个橱柜的顶层抽屉里，并用看起来像内衣的东西盖住。她背对着门，所以看不见莫德探头进去，目睹了整个过程，并在纳塔查转身前神隐而去。我又从蜜蜂池塘那条路跟着莫德回到厨房，没被发现。有助听号角在手，躲在倒挂金钟花丛里，我能听见以下谈话。"哇！你好，乔治娜，很高兴能有机会和你单独聊聊。"是纳塔查的声音。"我们千万别再像两个蠢丫头一样无视对方了。"乔治娜咕咕哝哝说了什么，我没听清。纳塔查轻笑着回应："我'逃课'了，藏了些软糖在我的小屋里。我想着可以邀请你去吃点儿点心，这样我们就能一'吻'泯恩仇了。"

"没问题，"乔治娜说，"只要我们不用亲吻就行。你的病可能会传染呢。"

"哈哈哈！"纳塔查开怀大笑，"你真有英国人的幽默感，乔治娜。"这一切都让人惊讶不已。我按紧了我的号角，以免错过任何一个字。

"不好意思，我没办法回敬你的赞美，"乔治娜说，"你见了太多圣人。"

"或许我把我的天赋看得太重。没人知道这些天赋何时会被收回。你，乔治娜，可能就是下一个听到神圣之声的人。"

"苍天不容啊。"乔治娜殷切地说。

"好吧，我真的得在甘比太太注意到我不见了之前回去，"纳塔查说，"今晚我将爬进你欢娱的小帐篷，还会带点儿好吃的。回头见[1]，乔治娜！"她们分开了。我听见乔治娜往另一个方向走远时似乎说了点儿不敬之语，纳塔查则愉快地大笑起来。

我思虑重重地走回瞭望台，真希望卡梅拉能在这儿和我探讨这一切怪事。我经过纳塔查的冰屋时，恰好看见一个身影溜出门，消失在花园中。那是莫德优雅的蓝色棉布衬衣，错不了。显然她刚刚在藏软糖的地方。

虽然整件事让我不太开心，但我不能说自己真的有多么担心害怕。我的脑子运转太慢，一下子还得不出结论，等我真的理解了一切，又已然太晚

1　原文为法语"A toute à l'heure"。

了。在这期间，和克丽丝特布尔·伯恩斯的会面转移了我对软糖的关注，所以我想，没能及时警告莫德并不全是我的错。

如果克丽丝特布尔·伯恩斯不是黑人，我或许永远不会注意到她一直在悄无声息地行动。不过，在我们这群人中间，一个黑人女性实在是过于异域，人们情不自禁就会觉得她有一种浪漫风情。我们很多人都试过让她加入我们的谈话，但她总是忙忙碌碌，端着遮盖着的盘子，在塔楼里进进出出，或者有时洗洗毛巾或其他亚麻制品。克丽丝特布尔不停来来去去，让我不免将她比作一只孤独而忙碌的蚂蚁，尤其是因为她臀部很大，四肢纤细。然而，这一次很特殊，克丽丝特布尔什么都没拿，她老老实实地坐在瞭望台附近的长椅上，双手乖巧地叠放在腿上。

"晚上好，莱瑟比太太。"她用优雅的牛津腔说道。我后来才知道，她来自牙买加，父亲是位杰出的化学家。

"晚上好，伯恩斯太太。很高兴看见你能休息一会儿。"

"我在等你，莱瑟比太太，"她说，"是时候了，我们必须聊聊。"

"愉快之至，伯恩斯太太，"我回答，并坐到了她旁边，"我一直想和你聊天，但你似乎总是忙个不停。"

"彼时，时机尚未成熟，"克丽丝特布尔答道，"你必须首先对周遭环境有个全盘认识。你在这儿快乐吗，莱瑟比太太？"这个问题很难回答，因为我停止从快乐的角度来思考问题已经有一段时间了。我如是说。

"那你大错特错了，"她说，"快乐与年龄无关。它取决于能力。我的年龄足有你的两倍，但我会说我真的十分快乐。"我算了下九十二加九十二等于多少；克丽丝特布尔声称自己一百八十四岁了。这绝不可能，但我不想反驳她。

"所以你看，"她继续说，"快乐不是年轻人的专属。这儿没人能让你快乐，你必须为自己的快乐负责。

"不过，莱瑟比太太，我并不打算谈这些抽象的东西，我还是直说了吧。你为什么对餐厅里的那幅油画产生了非同寻常的兴趣？"她的问题让我大吃一惊，我花了些时间，咕哝了半天才镇定下来。克丽丝特布尔耐心等待着。最终我说："因为餐厅里的那幅画正好就挂在我面前，因为甘比太太每次给的食物都只有那么一点儿，立刻就能吃完，我有大把空闲时间去凝视它。"

"那不算解释，"克丽丝特布尔说，"因为坐在你正对面，比那幅画更近、更大的是范托希特太太。你为何不凝视范托希特太太？"

"我更愿意看画。而且如果我吃饭时全程盯着范托希特太太，是很不礼貌的。并且我对画里的那个修女很感兴趣，这你没法反驳吧？"

"我当然不会反驳，莱瑟比太太。请你原谅我唐突的问题，我绝对无意冒犯。"

"好吧，既然你问了，"我说，"我发现那个抛媚眼的修女脸上有着最独特、微妙的表情。这让我不断在想她是谁，她来自哪里，为什么她永恒地抛着媚眼，诸如此类的问题。事实上，我如此频繁地想到她，她几乎成了一位老友，当然是假想出来的朋友。"

"所以你感觉她是你的朋友？你能和她共情？"

"是的，我想确实可以说我觉得能和她做朋友，不过，当然，人们也不指望在这样的关系里能有多少真情实感。"我说话时，克丽丝特布尔紧盯着我，眼神充满期待。

"给她取名就是在召唤她，"黑女士说，"你必须注意你对她的称呼。"

"实际上，我叫她唐娜罗莎琳达·阿尔瓦雷斯·克鲁斯·德拉奎瓦。你知道的，她看上去太像西班牙人了。"

"那是她十八世纪的名字，"克丽丝特布尔说，"但她还有许多其他名字。她还享有不同国籍。不过那不是我们现在要讨论的。我来其实是要给你一本小书。我知道你不喜欢读书，但这本与众不同。"

书用黑色皮革包着。扉页上写着："唐娜罗莎琳达·阿尔瓦雷斯·德拉奎瓦，塔耳塔洛斯圣巴巴拉修道院院长。一七五六年于罗马被追封为圣徒。真实、忠实地再现了罗莎琳达·阿尔瓦雷斯的一生。"

"这真是离奇至极,"我告诉克丽丝特布尔,"真的,我敢肯定自己从没听过她的名字,我怎么可能会知道呢?"

"毫无疑问,你必定在哪儿看到过她的名字。这栋建筑物里写满了她的名字,共九百二十处,如果你没看到,那才真是离奇。"

小书的第一页装饰着由石榴叶和剑组成的图案。纸张因年代久远而泛黄。老式大字印刷体,我看起来很轻松。

"现在我必须走了,"克丽丝特布尔说着站了起来,"在金星沉入地平线之前,我还有职责在身。等你读完这本小册子我们再聊。请别告诉别人这本书在你这儿,后果可能会非常尴尬,但具体会如何,目前我无法细说。"

当我发现只剩自己时,金星已经在塔楼上空闪耀着。已是晚上,但和克丽丝特布尔·伯恩斯的谈话莫名让人精神振奋。正当我准备进入瞭望台,开始阅读唐娜罗莎琳达的故事时，一个影子闪过。虽然无法完全确定，但我觉得我看到了一个年轻男人，好像背着一个大包袱，迅速、安静地从一棵树闪到另一棵树。

他似乎在谨防被发现。或许是个小偷？某个女佣的爱人？后一个答案似乎更有可能，所以我也没费力发出警报。女佣的情感生活与我无关。如果是小偷，我们也都没什么好偷的。我回到瞭望台，坐在桌前，翻开了书。

*

真实、忠实地再现了唐娜罗莎琳达·阿尔瓦雷斯·德拉奎瓦，塔耳塔洛斯圣巴巴拉修道院院长的一生。由圣棺社的赫雷米亚斯·纳科夫修士译自拉丁语原文。

一朵玫瑰即一个秘密，一朵美丽的玫瑰是贵妇人的秘密，十字架是道之分离或交合，此即罗莎琳达·阿尔瓦雷斯·克鲁斯·德拉奎瓦女院长名字的含义。[1] 女院长死于公元一七三三年七月，教会有威信主教目睹了她生前身后发生的某些异事，随后她被追封为圣徒。她被埋在塔耳塔洛斯圣巴巴拉修道院的地下墓室中，葬礼遵照圣母与神圣的天主教会的典仪和赐福祈祷。远离有黑色尾巴之物，因为它属于地神[2]。

追封女院长为圣徒，便是以罗马之威严为她的圣洁盖章；然而，在封圣仪式之前，她的坟冢就已成为圣所。远方的民众带着水果、鲜花甚至牲畜等祭品前来朝圣。所有祭品都堆在地下墓室。

怀揣一颗被残忍割裂的心，我一边看着农民们单纯地敬拜，一边长久、热切地祈祷上帝能赐予我勇气，让我可以写下关于这个奇妙且可怕的女人的全部真相。

1　罗莎琳达（Rosalinda）与拉丁语中"美丽的玫瑰"（rosa linda）拼写相同，阿尔瓦雷斯（Alvarez）的词源为原始日耳曼语中的"高贵"（aþalaz），克鲁斯（Cruz）在西班牙语中意为十字架，姓氏德拉奎瓦（della Cueva）意为"来自洞穴"。——编者注

2　原文为拉丁语"Ab eo, quod nigram caudam habet abstine, terrestrium enim deorum est"，出自 1351 年一则隐晦的炼金术文《黑之上升》（"Ascensus Nigrum"）。

这份文件本来是供圣父（即教皇）私下审阅的。然而，呈献此书的后果超越了我最狂野、最可怕的噩梦。我打开我的心，并因此释放了内心的重担，用一片赤诚去实现上帝的意志，其结果是被逐出教会。忏悔室神圣的封印再也无法阻止我将这份文件付梓；我不再是神父了。

作为女院长曾经的私人告解神父，我相信我比任何人都更了解她的黑暗灵魂是如何运作的。

关于我的话题，不必再深究。

唐娜罗莎琳达·阿尔瓦雷斯·克鲁斯·德拉奎瓦的出生地尚有疑问。没有确凿证据证明她生于西班牙这片土地上。有人认为她从埃及跨海而来，有人说她生于安达卢西亚的吉卜赛部落，还有人说她从比利牛斯山脉北坡翻山而来。她出现在西班牙的最早证据是一封一七一〇年的信，写于马德里，收件人是普罗旺斯地区阿维尼翁附近的特雷沃莱弗雷勒[1]主教。

1　特雷沃莱弗雷勒（Trève les Frêles），在法语中意为"瘦弱者的教区偏远分支"。——编者注

信里讲的是对尼尼微一处墓穴的开掘，据说那是抹大拉的马利亚最后的安息之所。

唐娜罗莎琳达与主教非正式通信，表明两人颇有些亲近。这封引起争议的信很可能是在她刚成为修女，初入塔耳塔洛斯圣巴巴拉修道院后不久所写。

我受指控的其中一项罪名，是为故意玷污唐娜罗莎琳达的名声而伪造了这份文件。上帝为我做证，事实并非如此。

这封信的笔迹只可能出自唐娜罗莎琳达之手。而且她以交叉的剑和石榴叶为图案的私人印章就深深地印在信的开头和结尾。在这里，我必须摘录罗莎琳达信中的任意一段，待我讲述了她人生后期的部分事件后，这封信的意义无疑会更明了。

以下内容摘自唐娜罗莎琳达写给主教的信：

我的大鸽子[1]，请理解，你务必立刻遣信使前往尼尼微去换得那珍贵液体。一秒钟都不

1　原文为法语"Mon Gros Pigeon"。

要浪费，英格兰各方已经开始蠢蠢欲动。那座坟墓无疑是抹大拉的马利亚真正的埋葬地；在木乃伊左侧发现的油膏很可能会泄露秘密，一旦泄密，所有的福音书都会失去权威性，不过这些年我们共同努力的事业也将完满。对此，你怎么看，我的胖野猪？讨论了一阵后，我前面提到的犹太人终于被说服用木乃伊裹尸布上所写文字的一块拓片来换一小箱微瑕珍珠。根据圣母的意志，裹尸布上恰好是希腊文，而你很清楚，解读上面的文字对我而言轻而易举。你可以想象，当我得知抹大拉曾是女神奥秘的高级启蒙者，但因将密教的秘密卖给拿撒勒的耶稣而以渎神罪被处决时，我是多么欣喜若狂。这当然就能解释困扰我们这么久的神迹。油膏的成分被仔细列出，但混合这灵药的确切配方被略去了，实在可惜。毋庸置疑，这珍贵的油膏与抹大拉的私人财物一起为木乃伊陪了葬。

此文本的秘密属性让我无法给你寄去一

份副本，因为送信过程危险重重，副本可能会落入敌手。信息从尼尼微传递出去还需要些时日，到那时，我虔诚地希望墓葬品能安然无恙地落于我们手中。切莫在这至关重要的事情上耽搁，立马派遣得力的助手前往尼尼微。只要你有一丝可能亲自前往，别犹豫，立刻带着任何你觉得合适的交换物出发。

与此同时，我正在讨好修道院的女院长，以使我的权力凌驾于其他修女之上。我长时间的冥想和虔诚的操练已经让她对我青睐有加，我很快就会进行最后宣誓。等你读到这里，必定会开怀大笑！我们很快就能动摇梵蒂冈的根基！我在此处的地位还不够稳固，无法派人去拿我的书，在教堂里浪费几个小时宝贵的学习时间让我异常恼火，然而这古老的艺术也有其价值，就我而言，在这坚硬的石头地板上每跪上可怕的一个小时，我都感觉自己是在向金库里投放金子。

因此，我亲爱的狂暴野猪，每当你想吃

上一打雉鸡馅饼，撑得跌坐在桌下，就想想正在吃黑面包喝白水的我吧；这能很好地控制你的大肚子，要是它继续胀大，绝对会让你短命的。我还劝你少勾引青少年，因为很可能在你成为术士之前，你就"精尽人痴"了。

现在，如果阁下您允许，我将简单叙述一下我们女院长的小缺点，如此你便能靠开怀大笑将毒素排出体外……

唐娜罗莎琳达接着讲述了一些无关紧要的逸事，对一个基督徒来说，这样的故事大逆不道，我不能在这里复述。

当时，圣巴巴拉修道院的院长是唐娜克莱门西亚·巴尔德斯·德弗洛雷斯·特里梅斯特雷斯[1]。这位可敬的女士来自一个古老、卓越的卡斯蒂利亚家族，族人都是知名教会拥趸，罗马教廷授予该家

---

1 原文为"Doña Clemencia Valdez de Flores Trimestres"，其中姓氏德弗洛雷斯·特里梅斯特雷斯意为"三个月的花朵"。——编者注

族圣厄门特鲁德[1]之星。

唐娜罗莎琳达刚到修道院的那几年，就因其虔诚和卖力忏悔而显得与众不同。自我鞭打之声吸引了一众修女到她房门外瞻仰。有时，她整夜跪在礼拜堂，执念珠反复吟诵《圣母颂》。举行大弥撒时，她会时常陷入狂喜之境，只能依靠僵直如木板的祈祷台保持直立。受各种疾病折磨的修女很快便求助于她，相信只要她双手轻轻一碰，就足以减轻病痛。

对草药有着深入了解的罗莎琳达在修道院内设了一间小药房，她在那里治愈了许多病人。我现在倾向于认为，罗莎琳达的祈祷本质上更像施咒，她应该在进入修道院之前就精通巫术。

老院长临终时，榻前只有罗莎琳达，谁知道在可怜的老院长逝世前，她究竟用了什么黑暗的力量攫取了院长之职。

老院长死后，修道院的日常有了很多改变，那

1　厄门特鲁德（Ermyntrude，拉丁语 Erminethrudis），墨洛温王朝时期的贵族修女，将大量遗产赠予多所修道院。——同上

是修道院院墙之外的世界看不见的。对修女的精神监管由特雷沃莱弗雷勒主教负责。由地位如此之高的教会神职人员认可的任何事，都无人敢置喙。

在夜色最深沉的时刻，修道院的礼拜堂正上演着狂欢舞会以及用陌生语言进行的奇怪吟唱。怪异的服饰以及盛典、豪宴在圣巴巴拉修道院司空见惯。

一批接一批的异域工匠来到修道院，重新装修女院长的豪华住所。八角塔成为活动中心。北翼被唐娜罗莎琳达选为她个人的特别领地，而八角塔正是这部分建筑的主体结构。楼上的房间被改造成了一个观测台，全景开放的露台让人可以将整片天空尽收眼底。接待室和卧榻在观测台下方，从那里走上一节旋转楼梯就能轻松到达观测台。

这些房间的墙上挂着点缀了紫金两色小狮鹫的猩红色丝绸。由散发着气味的深色木头打造的家具被雕刻成各种各样怪兽的样子。有着华丽刺绣的锦缎斗牛士披风随意地从女院长的宝座上垂下，宝座上雕刻着她自己的剑与石榴叶徽章。

唐娜罗莎琳达小脚下的华丽地面是镶嵌着银色天使和使徒铜像牌的乌木与玉兰木地板。这些圣洁的形象竟时时被女院长踩在脚下，真让人有些不安。接待特别来客时会铺上一块波斯地毯。

唐娜罗莎琳达的私人藏书放在一个中式书架上，书架装饰着象牙莲花柱，以及由上等美玉制作、丰满如猪的跪坐的马。

她的书籍，根据内容的差别，用不同动物的皮包着。重要手稿包着鸵鸟皮或狼皮。没那么严肃的《日课经》则包着貂皮或鼹鼠皮。阿格里帕·冯·内特斯海姆[1]所写的卡巴拉主义[2]文献装在精心雕刻了哈特谢普苏特[3]女王天宫图的犀牛角里。《精神之书》和《真义魔法书》[4]包着渡渡鸟皮，并点缀着小颗红宝石和小珍珠。

1 　阿格里帕·冯·内特斯海姆（Agrippa von Nettesheim，1486—1535），德国医师、神学家，被认为是 16 世纪最有影响力的神秘学家之一。

2 　犹太教神秘主义学说。——编者注

3 　哈特谢普苏特（Hatshepsut），古埃及第十八王朝女法老。

4 　两者均为黑魔法手册。原文为拉丁语"Liber Spirituum"和"Grimorium Verum"。

根本不可能理解女院长如此装饰她古怪书籍的曲折原因，但只要稍微了解她的人都知道，那些罕有且通常很邪恶的书对她至关重要。

确实，大部分日子，她都将自己锁在房间里钻研那些书，并在许多张上好的羊皮纸上写满了自己的长篇评注。夜幕降临，她便爬上旋转楼梯，来到观测台，利用由某种星辰天体诱发的魔法（我对此毫无了解），来操控她的禁忌知识。

特雷沃莱弗雷勒主教从东方回来后，女院长暂时出关。外国厨师特别准备了宴席，以向主教致敬。不同阶位的高级教士都是宴席的座上宾。

主教亲自从东方为唐娜罗莎琳达带来了礼物。礼物有经过防腐处理的白象头、各种刺绣飞舞的服饰、装满土耳其软糖的巨大檀木箱子，当然还有几个长颈瓶，装着抹大拉的麝香[1]——据说在尼尼微挖掘出来的油膏，发现于抹大拉的马利亚本人的木乃伊旁。这强劲的春药无疑引发了女院长死后被归功于她的所谓奇迹。玛丽亚·吉列马修女向

---

[1]　原文为法语"Musc de Madelaine"。

我讲述了以下这件不可思议的事，是她透过唐娜罗莎琳达房间宽大的钥匙孔亲眼所见。后来，时刻明察秋毫的女院长用一根银针刺瞎了正通过钥匙孔偷看的两位修女的各一只眼睛，自此，透过钥匙孔只能雾里看花[1]。

她们看见罗莎琳达和主教吸入抹大拉的麝香，通过某种花香提取术，油膏的蒸汽浸润了整个房间，他们置身于一团淡蓝色的云雾或芬芳中，那显然就是作用于实体身躯上的一种挥发性元素。因此，主教和女院长被吹送到空中，悬在那里，飘浮着，就在那箱打开的土耳其软糖（他们都吃了不少）上方。淳朴的道德不容详述稍后于空中上演的恶心杂技。

那时的我惮于主教之威严，不敢进一步追问此事。

在主教回归之后有一段时间，唐娜罗莎琳达为实现她不为人知的目的，会不时让其余教众齐聚礼拜堂，向她们展示"神迹"以"启民智"。她会

1　原文为拉丁语"obscurum per obscurius"，意为"以更晦涩的解释来阐释本就晦涩之事"。

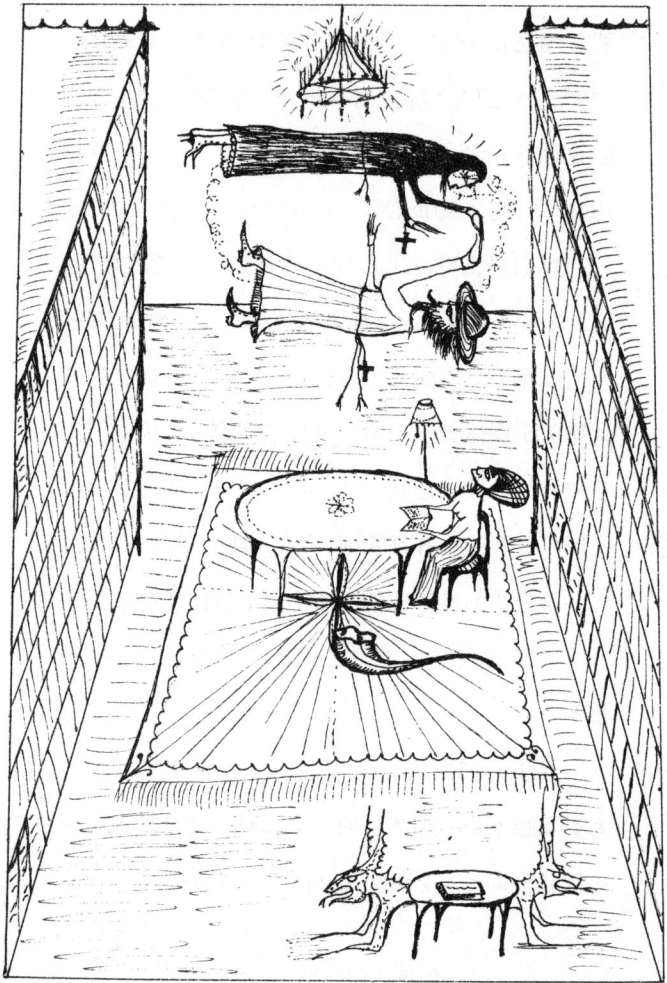

变成一团发光的蓝色，悬浮于圣坛之上，令人无法抗拒的抹大拉的麝香蒸汽侵袭了整个礼拜堂，让修女们如痴如狂。"神迹"展示后的纵欲狂欢太过可怖，实在无法如实记录。尽管不愿，我偶尔也不得不参与其中，因为我对我的上级——主教——仍保有本能的尊敬。

在基督圣体节前后，女院长收到了一封快信，让她顿时焦躁不安。这份文件仍由我保管，内容如下：

> 刚踏上西班牙领土的尊贵的王子殿下特图斯·佐西莫斯[1]向塔耳塔洛斯圣巴巴拉修道院院长唐娜罗莎琳达·阿尔瓦雷斯·德拉奎瓦致以最诚挚的敬意，并恳请告知她，王子已到西班牙，决心拿回二十一瓶油膏，即抹大拉的麝香，那是他的合法财产，是他以十五匹骆驼、一英担小麦籽和六只安哥拉山羊的价

---

1 特图斯（Theutus），埃及神话中智慧神透特（Thoth）的异名，鸟头人身。佐西莫斯（Zosimos），炼金术士，诺斯替神秘主义者，公元3—4世纪生活在埃及。——编者注

格购买的。王子殿下的车队在尼尼微附近遭遇野蛮攻击，殿下误以为攻击者是当地暴民。因此，当他从受令追捕匪徒的一位密探处得知，刺客的富态首领不是别人，正是特雷沃莱弗雷勒主教时，他震惊、痛心到无以复加。在消耗了一些钱财和精力后，王子殿下得知该油膏最终落到了西班牙卡斯蒂利亚地区的塔耳塔洛斯圣巴巴拉修道院。

尊贵的王子殿下特图斯·佐西莫斯并不打算立刻以武力攻入修道院，因为他确信，女院长的善意和无瑕声誉便足以促使她归还王子的财产。

王子殿下因此恳请告知女院长唐娜罗莎琳达·阿尔瓦雷斯·德拉奎瓦，也许几天之内，她就会迎来王子本人及几位侍臣的友好来访。事实上，要从地中海沿岸来到卡斯蒂利亚的山丘还需要几天几夜。

特图斯·佐西莫斯王子很荣幸能到女院长的宝地做客，休息几日，然后带着封存在

密闭陶罐里的二十一满瓶抹大拉的麝香油膏
返回自己的领土。

王子向女院长等致以最尊贵的敬意。

这封书信的封印图案是一只狂暴的独角鲸和
一行拉丁文——世间之水皆出自吾族之独角鲸[1]。
这是特图斯·佐西莫斯王室的纹章。

女院长和主教一番长谈后，招来了她的马车，
带了些路上吃的干粮，当天晚上就离开了修道院。
任务的机密性让她不得不假扮成蓄着胡须的贵族，
穿着富丽但低调的暗夜紫罗兰色天鹅绒，衣服以貂
皮镶边，颈部的褶边是狮子皮色的爱尔兰针绣花边，
当时在西班牙十分少见。

马车专门为秘密任务做了改造。白日里它藏
身于修道院中，所以周围的人都不知道。内部装饰
依然是女院长一贯的奢华品位，芬芳的檀香木包着
镶宝石的羚羊皮，靠垫和窗帘是用柠檬黄色的丝绸

1　原文为拉丁语"Nulla aqua fit quelles, nisi illa que fit de Monoceros aquae nostrae"。

做的，上面用金银线绣了剑与石榴叶的图案，还嵌有小珍珠、蛋白石和红宝石。马车外部则虚假地呈现出一派简约的样子。马车外壳以银叶包裹，除了车顶有一圈美人鱼和菠萝，没有多余装饰。马车由两匹极品阿拉伯母马拉着，它们如牛奶般雪白，速度飞快。

陪伴她的只有一名可靠的仆从和马车夫，无畏的女院长就这样开始向南夜奔。

不到九小时，唐娜罗莎琳达就截住了载着王子的雇佣马车。守卫王子的只有两名骑马侍从，留了一小支摩尔人的军队在格拉纳达待命。罗莎琳达的仆从唐[1]贝南西奥——卡斯蒂利亚最杰出的剑客之一——迅速打发了那两名侍从。一转眼，女院长就已将王子俘虏到她自己的马车上，两匹白色母马即刻掉头返回塔耳塔洛斯圣巴巴拉修道院。

王子如此年轻、标致，女院长克制着，不对他进行身体伤害；他富丽的着装和黑色皮肤、傲慢的小胡须和闪烁的眼睛颇得她心，于是她决定把他

1　唐（Don），西班牙语中对男性的尊称。——编者注

留在身边作为随从。虽然特图斯·佐西莫斯誓死不从，但这丝毫不影响女院长的决定。她坐在那儿，兀自笑着，而被强壮的剑客唐贝南西奥控制的王子，蹬腿挣扎，用自己的语言咒骂着。

返回塔耳塔洛斯圣巴巴拉修道院的旅途必定是别有一番滋味的好戏。但女院长不愿多谈，回来后，也拒绝回应他人的疑问。不过，多亏主教的某些刻薄评论，还是可以推演出当时的情景，而且特图斯·佐西莫斯王子的态度也让我们确信，当时的大体情况确实如此。

虽无细节支撑，但我仍试图重构那趟旅程。我想象的画面是王子慢慢醒来，看到了马车里微笑的骑士。骑士——自然是女院长伪装的——引起了这名青年男子扭曲的兴致。某些非自然的东方习俗已经让他的男子气概弯折，于是王子便挑逗起唐娜罗莎琳达，而女院长还以为王子认出了她是位变装的淑女，高兴地接受了这个年轻美男的殷勤。然而，两人的关系没能深入，因为直到他们抵达修道院，王子仍以为女院长是名绅士。当她穿着她素日的袍子微笑着出现在他面前时，他冷漠地别过头，对着主教暗送秋波。

不仅如此，特图斯·佐西莫斯意识到自己是女院长的囚徒，而且从他手中夺走珍贵的抹大拉的麝香的人正是女院长，这使他一下子深陷忧愁，变得神情恍惚，甚至危及了生命。他完全不吃不喝，趴在女院长私室里的"龙榻"上。几天后，他黝黑的皮肤变成了镉黄色，他闪烁的双眼深陷眼窝，就像两泉死水。

女院长一直难以抵抗自己邪恶的好奇心，于是她决定在一碗草药茶中加入少量抹大拉的麝香，喂给生病的王子。至今，还未有人真的口服过这药力强劲的油膏；"唐娜玫瑰"和主教一直以来都仅通过吸入其蒸汽来获得理想效果。在楼上的观测台一番计算后，女院长用马鞭草叶、蜂蜜、几滴玫瑰水和一汤匙抹大拉的麝香调了一杯药汤。主教已经对王子生出了些父亲般的爱怜，他无疑会反对这次实验，但不巧，此时，他到马德里出了趟短差。有一些涉及塔耳塔洛斯圣巴巴拉教区的教会事务急需关注；那些小气的贵族，修道院的奢华生活让他们不得不交更多税，于是他们向大主教投诉，大主教发快信要求主教前往马德里觐见。这一切都只是走走过场，因为大主教自己就喜好奢华，绝不会希望减税。小气的贵族还以为，既然教会的高级教职都为他们在首都召开了如此重要的会议，那么一切就都搞定了。

女巫汤（没有别的名字能替代）刚调好，女院长就召我去面见。我奉命掰开王子的嘴，女院长则将那可怕的液体倒入他的食管。可怜的青年十分虚弱，摆弄他非常简单，不过我没法说我的良心能过得去。我内心深处觉得，那邪恶的油膏根本不应该进入基督教社群，但我不敢违逆女院长，她强势的性格总能石化我的意志。

特图斯·佐西莫斯被迫咽下最后一滴药汤后，立刻持续抽搐，真是惨不忍睹。唐娜罗莎琳达脸上还微微流露出看好戏的神情，这进一步证明了她灵魂的冷酷。

毫无疑问，王子虚弱的身体和娇弱的天性无法让油膏展现平日的效果。他并没有如女院长希望的那样冲破天花板，而只是躺在床上虚弱地扇动手臂，像一只垂死的鸭子一样嘎嘎叫着。不幸的王子将他充血的眼睛转向女院长，说他被变成了一只为求偶而歌唱的雌夜莺。不知怎的，脑中的混乱将王子变成了一只鸟。过了好长时间，特图斯·佐西莫斯终于恢复了力气，从榻上站了起来。他挥着"翅膀"，嘎嘎叫着跑上了前往观测台的楼梯，我和女院长紧随其后。即使我们都十分渴望能救下王子，但我觉得我们根本来不及阻止女院长实验的悲剧后果。特图斯·佐西莫斯瞪着眼睛，唇边泛着泡沫，爬上了环绕观测台的护栏。随后，他大喊着自己是夜莺王后，纵身一跃，从九十英尺高的地方摔下去，死状惨烈。

那个不祥之夜剩下的时间里，我们都在忙着把王子葬在厨房花园。

特图斯·佐西莫斯死后，特雷沃莱弗雷勒主教似乎憔悴了。他的胃口好像受到了一点儿影响，人甚至瘦了一些。女院长自然没有告诉主教王子的死讯。她只是说主教待在马德里的那段时间里，她成功说服王子心平气和地返回了自己的国家。并且她向主教保证，为了换回二十一瓶抹大拉的麝香，王子突然向她大献殷勤，而她也觉得不好拂王子的面子。不知道主教是否真的信了整个故事，不过他什么都没说就接受了，然后继续消沉。

因此，由于健康状况不佳，主教决定回普罗旺斯住一段时间，他说那里清爽的空气可以让他迅速恢复往日的活力。不过，我相信他是听闻阿维尼翁的教会引入了新的音乐人才，才决定回去的。一个曾路过上述城市的吟游诗人告诉我们，一群迷人的金发唱诗班少年从不列颠群岛而来，他们优美的歌声真是天籁之音。吟游诗人还告诉我们，这些男孩受一小队圣殿骑士资助，骑士们逃过了大清洗，一直躲在爱尔兰。吟游诗人说，受迫害的圣殿骑士团在某支爱尔兰贵族的资助下发展了起来，一直在招收信徒。

就这样，主教出发前往阿维尼翁，带了几个仆从，全副武装准备迎接凶险的旅途。

女院长再次隐居八角塔，继续她的研究。修道院的日常氛围平和了下来，修女们似乎激情已退，可以穿着衣服、头脑正常地各司其职。

作为修道院的告解神父，我认为我有责任责令修女为她们在主教逗留期间的纵欲行为忏悔。我甚至建议女院长本人稍稍忏悔一下——一周念三次《玫瑰经》以及向童贞圣母献上几支蜡烛。然而，听到我的建议她狂笑不止，我只得退下，内心受伤，甚至有些羞愧。

在她的一生中，这个女人始终能让自己凌驾于他人之上，而那些人也毫无疑问地接受了她的主导。无论我的道德良知如何让我确信，她就是公然亵渎了神圣天主教的教义，但面对她的钢铁意志，我还是发现自己变得软弱且恭顺。

那段时间，我们接待了许多不同的高级教士，其中有一位是从梵蒂冈来的枢机主教。修道院在女院长严密的监督下，经历了一次快速改造。她将自己安置在西翼一间普通的单人房内。等枢机主教抵达之时，她已经将所有圣徒雕像正面朝上放置，还弄掉了圣龛顶上的山羊角。只要枢机主教碰巧走到女院长的房间附近，她就用鞭子抽打她的稻草床垫，好让人以为她正沉溺于每日鞭打中。她偶尔会让枢机主教看到她沐浴在抹大拉的麝香的淡蓝色芬芳中，不过没有绅士的亲密协作，是不可能飘浮起来的。枢机主教深信女院长本质圣洁，回到罗马后便撰写报告，热情夸赞塔耳塔洛斯圣巴巴拉修道院。后来这些报告肯定影响了教皇，让他有意追封罗莎琳达为圣徒。

世间书籍大多晦涩难懂，唯其作者能勘破[1]。如果这句引语指的是人类灵魂而非书籍，我觉得它就很适合用来形容圣巴巴拉的女院长。我至今仍深深怀疑，普通人类是否有可能穿透唐娜罗莎琳达的心迷宫。

夏秋冬挨过，还是没有主教的消息。直到三月十五日，才收到一封来自阿维尼翁的快信。自一月初开始，唐娜罗莎琳达就表现得异常焦躁不安，

1　原文为拉丁语 "Sunt enim plerique libri adeo obscure scripte, ut a solis auctoribus suis percipiantur"。

时常以她一贯的乔装——留着红色短胡子的贵族绅士——于夜里在山中骑行。我试图劝阻她这样出行，理由是或许哪天，某个闲逛的农民会看到她进入修道院的门。不过，我的劝诫毫无用处。她会骑着她的黑色种马——名为"小矮人"[1]——冲入夜色。那匹暴烈的骏马会精疲力竭、蹒跚着回到马棚，女院长骑着它狂野驰骋，让它从头到臀满是鞭痕。女院长的内心不知被什么折磨着，只得深入夜色。在夜色中，为平息内心的湍流，她无情地驱使"小矮人"狂奔，让马儿强健的心脏都不堪重负，却只是徒劳。她内心如此烦乱，究竟是因为她的深奥研究毫无进展，还是仅仅因为无所事事，我无从得知。

那时发生了一件事，引得农民议论纷纷。几只流浪狗挖出了佐西莫斯王子的尸体，并带着他已经腐烂的身体残块回了村庄。不过，还是能看出这些骨头和肉块出自人体，地方官也对这具尸体的真实身份产生了好奇。女院长很有可能就是以这起尚未发酵的丑闻为借口，踏上了她后来的旅途，不过，

---

[1] 小矮人（Homunculus），利用炼金术造出来的人。——编者注

我认为真正的原因还是涉及她自己内心的不安和来自主教的那封信函。信的内容如下:

仁慈的罗莎琳达，金色毒麦花[1]，或者我该称呼您尊敬的女院长？

你必定正等着接收我死亡和葬礼的消息，毕竟自我离开，月亮已经升落了许多次，而我既没写信也没托人带口信。我的每个白日，甚至夜晚都在马不停蹄地奔走，我必须请你真心原谅我没能送去消息。

离开时，我并没打算要在阿维尼翁待这么久。如你所知，我只是打算在普罗旺斯的凉爽空气中休养生息，并以出自少年之口的天使之音振奋灵魂。因此，我立刻提议急速返回塔耳塔洛斯圣巴巴拉修道院，以便继续为我们共同的目标而奋斗。我之所以在这里待了这么久，完全是因为这里的事情发生了重大转折。我们在技艺上的胜利确实取决于

---

1 原文为拉丁语 "Flos Aeris Aureus"。

我们在阿维尼翁的成就。

你必然记得最先从普罗旺斯带来消息的吟游诗人隐晦地提到了圣殿骑士团，他甚至暗示他们已经出现在这座城市里了。一些北欧唱诗班男孩在他们的教导下，可以说正在为非作歹，以期促成法国的圣殿中心。

我们都知道，吟游诗人拥有从他们经过的任何地方获取消息的神奇能力，所以我们谈到的那个家伙能知晓这么多事情并不会让你太过惊讶。让我回到我刚到阿维尼翁的那几周。经过让人精疲力竭的旅行，我在特雷沃莱弗雷勒宫静修了几日。那几天我都趴在我柔软的床上，经过车马颠簸后，那真是天堂啊！你知道长时间坐在硬邦邦的椅子上，我的臀部有多疼。贝尔特·路易丝以她一贯的温柔体贴照料脆弱的我，她调制了一种绝妙的芳香精油，用它在我身体这近乎麻木的区域按摩。我不得不在床上趴了四十八小时，才觉得可以靠在垫子上吃些点心。这个季节，野味丰富，我足够幸运，可以用烤鹧鸪、以当地优质的酒烹煮的野猪肉、小鹿肉和填料山鹑来恢复衰弱的体力。

终于，我感觉自己已足够强壮，可以走上几里格[1]到阿维尼翁，以便用高雅音乐这种艺术享受来振奋我的心灵。你知道，歌曲是心灵的食粮，我急不可耐地想去大教堂听北欧唱诗班男孩吟唱弥撒。

我将不再赘述我聆听那些温柔歌者时的迷狂。简言之，如果他们确实像天使，那就让我进入天堂，在那帮小天使中嬉戏吧。如此细腻白皙的皮肤和天真的蓝眼睛！他们纯真的婉转歌曲将弥撒变成了纯粹的愉悦享受。我亲爱的罗莎琳达，我敢肯定这是你从未体会过的。

经过了一些不足为道的困难和小小的试炼（比如和大主教宴饮）后，我很快就被引荐给那些歌者，因此，我打开了我在阿维尼翁的宅邸大门。我在各种不同的场合招待整

1　长度单位，1里格约等于4000米。

个唱诗班，他们很乐意简短吟唱哥特风圣歌，以陶冶其他客人——都是当地的翘楚。我当然不得不给他们一些报酬，这大大消耗了我在东方获得的金子。不过这笔花销很快就带来了回报，我可以毫不夸张地说，我收获了一段天堂般的友谊。唱诗班中一个年龄稍大的男孩遭遇了青春期常见的声带问题，无法参与合唱。因此我便负责起他的精神教化，为他在宅邸里提供了一间可永久使用的房子。

这个男孩，我敢说，不仅美得超凡，形似年轻的阿多尼斯[1]，还是一个天才诗人。我听说，上天眷顾爱尔兰人，常赋予他们诗歌之才。这个名叫安格斯的男孩出身淳朴，却拥有如此美好的天性，会让人觉得他应该是从希腊神庙中走出来的，而不是来自爱尔兰乡野。这个活力四射的少年陪我度过了许多个芬芳、醉人的夜晚。我们什么话题都聊，从埃及魔法到中国音乐，古希腊的某些轻浮行为，

1　希腊神话中的美少年。

带爱尔兰猎鹿犬打猎，以及某些草药的功效。安格斯一针见血的评断以及他对一些深奥议题的了解时常让我惊讶。这个出身淳朴的少年真是个神秘莫测又让人欣喜的存在。

虽然我常常很想了解男孩不同寻常的文化背景，但我并没有进一步深究，因为你知道的，罗莎琳达，幸福是个幽灵，它从不承受过多好管闲事的质问。可以说，我沐浴在金光之中，不去思考，就像一只翱翔的鸟。

这种幸福的状态大概持续了一个月，直到一个名叫赫马特罗德·西拉斯爵士的英国人到来。此君肯定是从他的同僚圣殿骑士团那里了解到安格斯住在我的宅邸，他对我们的关系了如指掌，这真让人不悦。在与赫马特罗德爵士会面之前，我一直都忘了那些男孩其实是骑士团的信徒。因此那个吟游诗人的信息是完全正确的。

虽然赫马特罗德爵士来自臭名昭著的蠢如驴的不列颠民族，但事实证明他本人还是愿意协商的。我了解到，骑士团确实正在普罗旺斯建立他们的中心，而他们和所有人一样，都需要补给。

我承诺送上包括金子、宝石和稀有香氛在内的礼物，才最终说服赫马特罗德爵士将男孩交给我进行精神指导，至少目前是如此。

我颇有技巧的劝说很有成效，我还从我的门徒那儿知道了一些关于这个神秘兄弟会的事。事情似乎是这样的。自从针对他们的迫害开始，许多圣殿骑士秘密潜逃，其中一些人受到了爱尔兰的庇护。西海岸有一处古老的堡垒供其使用。他们还受到了马尔科姆国王[1]的后裔，即穆尔黑德家族的资助。现在这个家族，正如其姓氏所暗示的[2]，在十字军东征中起了重要作用，但在从东方获得的战利品的分配上，与神职人员产生了分歧。因此，

1　苏格兰国王。

2　穆尔黑德的英文为"Moorhead"，"head"有"首领"之意。卡林顿的母亲就是穆尔黑德家族的人。

当圣殿骑士不再受教会青睐，他们便选择与骑士团保持良好的关系。骑士团悄悄在爱尔兰发展壮大起来。他们招收了许多贵族门徒，偶尔也接收愿为骑士团纾困解难的平民。

经过数代耕耘，他们的行动在爱尔兰的土地上结出了硕果。然而，随着时间的流逝，他们显然需要在其他国家种下新的活动中心，至今，经过约五十年的时间，他们组织的秘密团体已经遍布欧洲大陆。

现在，我亲爱的带刺的金色花[1]，我们来到了我这封信函的高潮。一天晚上，少年安格斯忘记了自己正是如娇花般的年纪，贸然多喝了点儿酒，向我吐露了骑士团的终极奥秘，或者说是它最鲜活的象征。他告诉我，爱尔兰的圣殿骑士团拥有圣杯。如你所知，这奇妙之杯据说就是原来盛装永生灵药的酒杯，属于女神维纳斯。据传，她怀上丘比特时刚狂饮下这魔法原浆，丘比特随即跃入子宫，吸

1　原文为拉丁语 "Flos Acris Aureus"。

收了精气，成为神。接下来的故事是，受生产阵痛折磨的维纳斯，扔掉了杯子，它滚落到大地上，被埋在一处幽深的洞穴里，那是女马神艾波娜的住所。

几千年来，杯子都安全地受到地下女神的保护，据说女马神长着胡子，雌雄同体。她的名字就是巴巴拉斯[1]。

你很可能听过这个传说，我得说最让我震惊的就是这个名字，它显然和我们有着某些关联。

人类崇敬女神巴巴拉，把她当作送子神或子宫的守护神。一般来说，她的祭司都是特别挑选的雌雄同体人。

挪亚之子塞特[2]应该是第一个攻入女神圣所的人。祭司被杀，圣杯遭窃，圣所被亵渎；传说，圣杯落入塞特部族之手，随后在十字

---

1 原文为拉丁语 "Barbarus"，意为 "异乡的、野蛮的"。其阴性形式为 "Barbara"，即修道院的名字。——编者注

2 在《圣经》中，塞特（Seth）为亚当之子。——同上

军东征时被圣殿骑士团偷走。

后世产生了许多关于圣杯的故事，人们错误地以为圣杯的魔力源于基督教。

无论圣杯有何历史渊源，其绝妙的神力毋庸置疑，而且有明确的迹象让我相信安格斯所说是真的。

亲爱的[1]静默玫瑰园[2]，你会立刻意识到至少有必要看看那个神奇的杯子，并且如果可能的话，还要将它还给女神巴巴拉斯，或者说我应该给她一个更现代的名字？谁能知道这很可能就是将这被窃之物最终归还原主——维纳斯——的办法呢？

我建议你指定一名代理院长管理修道院，然后立刻出发前往阿维尼翁。我保证会在我的宅邸里给你安排一间舒适的套房，还有至少能与修道院中媲美的饮食。之后，我们可能得去一趟位于爱尔兰的圣殿骑士团堡垒，所

1　原文为法语"Chère"。

2　原文为拉丁语"Mutus Rosarium"。

以请备足路上所需之物。虽然圣杯很可能已经在法国了，但我觉得在他们安顿下来之前，他们不会挪动圣杯。

记住，要为旅途备好足够多的靠垫，除非你想在到达后，趴着睡一个星期。路况真的极差。

你永远的温柔仰慕者和灵魂兄弟，诸多事物将我们绑在一起。

费尔南德，特雷沃莱弗雷勒主教

离开前，女院长将装抹大拉的麝香的瓶子藏了起来。后来，我找遍了修道院也无法找到剩下的油膏。现在我知道了，她肯定是把瓶子藏在了教堂下的地下墓室里，也就是日后她被埋葬的地方。那时我就没想过前任女院长的坟墓可以藏东西。还有，毫无疑问，对那阴森地窖的恐惧让我从没考虑过那个地方。

就这样，经过精心准备，女院长乔装打扮，乘坐由两匹白色母马拉的银色马车离开了。一名侍从骑着黑色种马"小矮人"一路护送。

特蕾莎·加斯特卢姆·德哈维尔修女被任命为代理院长。这位修女是唐娜罗莎琳达的贴身侍女，全心忠于古怪的女院长。

特蕾莎·加斯特卢姆·德哈维尔很可能是摩尔人的后裔，皮肤黝黑，阴郁孤僻，行事鬼祟；她时刻驻守八角塔，几乎不可能在不被她察觉的情况下进入女院长的住所。

颇费了一番苦心，我数次成功进入，翻看唐娜罗莎琳达的私人物品，就这样，我获得了一些书面文件和信函，它们帮助我深入了解了女院长的品格。作为修道院的告解牧师，我的职责便是尽可能深入地了解塔耳塔洛斯圣巴巴拉修道院发生的所有事。唐娜罗莎琳达自然是我关注的焦点。我并不是因为某些淫邪之念才对她好奇；作为教区的精神导师，我只是在恪尽职守。

女院长一走就是快两年，关于她的这趟旅行，疑云重重。她肯定有一年多都待在爱尔兰西部，就算不是在要塞里面，也是在圣殿骑士团的堡垒附近。由于深知唐娜罗莎琳达狡猾多端的恶魔本性，我倾向于认为她确实成功在堡垒里待了很长一段时间，不过她到底是如何完成这项艰巨任务的，就很难说了。很有可能除了特雷沃莱弗雷勒主教，没人怀疑那个留着胡子的骑士其实就是女院长，至少有一段时间无人识破；不管是谁最终发现了她是个女人，他也没有说出去，否则唐娜罗莎琳达绝不可能活着离开爱尔兰。

当女院长最终回到圣巴巴拉时，她的状况无疑表明至少有一个人知道她是女人。我说一个"人"，但考虑到围绕女院长之死的一系列怪事，我时常会因为一种无名的怀疑而感到恐惧。

女院长死后，我确实碰巧得到了一份以希伯来语写的卷轴，在一个于马德里贩卖香料的犹太人的帮助下，我终于破译了内容。

除了卷轴，还有一份用拉丁语写的文件，显然，文件内容涉及唐娜罗莎琳达逗留爱尔兰期间发生的事，很可能还涉及她在圣殿骑士团的堡垒里度过的日子。我在此列出两份文件，第一份译自希伯来语。

任何形式的赎罪或江河湖海的驱邪之水都无法荡涤他［罪人］的罪孽。召唤塞特的部族离开埃及之人，将世代被斥为不洁，直至精气之杯重归女儿，即塔耳塔洛斯女王阿里乌斯[1]之手；

只要将灵魂献予陌生的异乡［女］人［还可译为巴－巴－拉］，他［塞特］的一切罪恶都将得到救赎。通过［一个］仪式，连接黄色［或金色］的角神[2]——至圣之杯的守护者——这个女人将再次以神圣的精气装满圣杯。

太初，被称为双生子的两个灵魂，一个是女性，另一个是男性。他们首先创造了生命、精气以及盛装精气的圣杯。

当此二灵魂相遇，有翼者［或长着羽毛

1　原文为"Ariouth of Tartarean"。据诺斯替教派典籍《皮斯蒂斯·索菲亚》（*Pistis Sophia*）记载，阿里乌斯为埃塞俄比亚人，全身黝黑，是地狱的女性统治者，座下有十四名大恶魔，大恶魔又控制着无数小恶魔。

2　角神（Horned God），巫术崇拜和某些新异教主义中的两大原初神之一。

的双性人塞菲拉[1]]便诞生了。

至此，圣杯干涸。圣杯不育的看护者将她逐出保存着她最私密奥秘的洞穴——她天经地义该享有的领地。

艾波娜，巴巴拉斯，赫卡忒[2]

地球之子将忘记一切，无法找到岁月的通路，忘记新月和四季，他们将在混沌的时间中迷途，天空中的天体也将运行无序。因此，他们将为非作歹，因为在塞特——他就是复仇者耶和华——的统治下，杯子空空如也，不产一物。

当三个月亮一同升起，使太阳之光芒暗淡时，将会响起哀歌和骨头的咔咔声，因为他们忘了本，再也不识生命之树的根。

看吧，夺取她圣杯的就是那位智者。在

1　塞菲拉（Sephirá），卡巴拉中的生命之树上的十个圆，指上帝发出的神圣物质。

2　古希腊神话中的提坦女神，是机遇的三相女神、魔法女神、鬼魂女神与地狱女神。

不育兄弟会的奴役下，圣杯空空如也，再也不见绝妙的精气。

可怜啊，地球之子，他们崇拜的是男性的三位一体。可怜啊，不育的兄弟会，他们从她手里强夺了圣杯。

这份晦涩不明的文件没被封存，但从莎草纸的质地可以看出，年代久远。第二份卷轴也未署名，不知出于谁人之手：

我将与她飞入天堂，然后发表讲演。我永生不灭。[1] 异乡人已进入康纳堡［显然，这是圣殿骑士自受迫害后聚集的堡垒之名］。一位西班牙贵族，带着一名普罗旺斯的法国胖主教。他们是来请求加入圣殿骑士团的。

大宗师在对旅行者进行初步考察。

1　原文为拉丁语 "Et volabo cum ea in coelo et dicam tunc. Vivo ego in aeternum"。

西班牙贵族，塔耳塔洛斯的唐罗莎伦多已获得认可。他将接受艾伦爵士的指导。主教之情形还有待进一步审查。

康纳堡受到了地震冲击，本教区因地震陷入混乱，正在恢复正常秩序。还能听到从地球内部传来的低语。

来自地下的私语依然可闻，据说正是出自我们保存秘药的地方。

大宗师叫大家到八角室集合，我们认为地下的声响与秘药有关。大宗师无疑会进一步向我们解释这件令人心惊的事。

一位寻求庇护的吟游诗人刚刚抵达康纳堡，他称自己为塔利埃辛[1]。

大宗师告诉我们，在封存了两百年后，秘药室将被打开。经过昨晚长达五小时的会议，才做出了这一重大决定。

1　塔利埃辛（Taliessin，通常拼写为 Taliesin），不列颠古罗马时代著名的威尔士吟游诗人。

吟游诗人塔利埃辛用关于地震的幽默歌曲为我们取乐。他即兴创作了一首歌谣，内容是沉睡的秘药因为一位女士的到来而震动。这让我们开怀大笑。自从穆尔黑德将康纳堡赠予骑士团，就没有女人踏足过这里。

今晚我们将抓阄，让命运来决定谁要依照传统独自进入那可怕地窖。

两百年前，在骑士团的十二名骑士神秘死亡后，鲁弗斯爵士将秘药封印起来。自那之后，利斯的肖恩爵士将是首位进入保存秘药的地窖的圣殿骑士。

在经受严酷考验前，利斯的肖恩爵士将于长矛祭坛冥想整晚。

他将以安温[1]的井水净身，并佩戴圣殿骑士征服爱尔兰精灵的战利品银剑。

可怕的事故让康纳堡深陷沉痛的哀悼中。四位最受尊敬的骑士被炸死。

大宗师按照仪式解封地窖后，每位依次

1　安温（Annwn），威尔士传说中的幽冥地府。

进入秘药之所的骑士都遭遇了可怕、离奇的死亡。

每个人都冲出可怕的密室，语无伦次地说着有个可怕的带角幽灵，像打磨后的金子一样闪闪发光。随后他们的眼睛和嘴巴涌出鲜血，死去之前还在诅咒圣杯。

愿上帝怜悯他们的灵魂。

利斯的肖恩爵士、托马斯·韦尔万爵士、斯坦尼斯劳斯·布拉特爵士、威尔弗雷德·多尼根爵士，均猝死，死状可怖。他们将带着骑士团的所有荣光，被埋葬在东墓室中。

塔利埃辛吟唱道，只有一个女人可以进入角神所在之处，且毫发无损。不知哪位来自冥界的异乡人将到来，装满圣杯。这一切都像是爱尔兰精灵的传说，塔利埃辛或许与它们暗中结盟。

塔耳塔洛斯的唐罗莎伦多主动提出要进入秘药的存放地，这让大家都大吃一惊。这大大偏离了正统，因为还未授予他神职。

不过，既然这名勇敢的骑士不太可能活过这场冒险，大家普遍同意让他光荣赴死，并在他死后授予其神职。

塔利埃辛唱了一首奇怪的回旋曲，唱的好像是给唐罗莎伦多的建议。

越看越觉得这位吟游诗人和爱尔兰精灵有往来，不过这也无从查证。

回旋曲的副歌让西班牙骑士带上"可以用来击打、切割、捆绑的东西"。接着，他提到某种长羽毛的东西"将要诞生"，或许说的是一种鸟。

唐罗莎伦多在自己的房间里进行了十二小时的冥想。他请求使用爱尔兰精灵的银剑、一根柳树枝和一节绳子。他将带着一小瓶他拒绝透露是什么的私人物品。他一共带了七瓶，装在雕刻着光彩夺目的独角兽的乌木箱子里。

我们心情沉重地准备迎接这个勇敢的西班牙人的死亡，"当搜寻者一心寻找，便能在任何地方、任何时候、任何情况下，找到它"[1]。

西班牙人从可怕的地窖中活着出来了。一个俗人胜过了受教会任命的圣殿骑士，这引发了热议。

六名骑士和大宗师亲眼看着塔耳塔洛斯的唐罗莎伦多进入秘药室，他在紧闭的门后待了整整三小时。

最终，他出来了，微笑着，毫发无伤，散发着淡蓝的光芒。爱尔兰精灵的剑和柳条枝还在，但瓶子和绳子被留在了里面。

按照传统仪式，我们持剑相向，对他进行了搜身，结果我们惊恐地发现，他将圣杯藏在斗篷下拿了出来。四名骑士脸朝下瘫倒在地，还有一个逃之夭夭。圣杯散发出一种发光的物质，无法直视。第六名骑士——弗内东爵士坚守阵地，他责令唐罗莎伦多将圣杯放回地窖，要是拒绝，就会让他一尝死亡

1　原文为拉丁语 "et invenitur in omni loco et in quolibet tempore et apud omnem rem, cum inquistitio aggravat inquirentem"。

之痛。

经过深思熟虑，大宗师还是决定看在唐罗莎伦多英勇无畏的分上，留他一命。然而，唐罗莎伦多的欺瞒行径亵渎了神灵，骑士团责令他和主教带着他们的全部行李立刻离开康纳堡，永远不要回来，否则将被处以极刑。

吟游诗人塔利埃辛自愿提出和他们一起离开。

弗内东·桑德森爵士因其英勇之举，被授予铁五角勋章。地下的低语永远停止了，地窖依然一片死寂。

这些讲述女院长海外事迹的文件语焉不详，留下了许多未解之谜。既然我是在她死后留下的私人物品中找到这两份卷轴的，那么我想她肯定是从康纳堡偷走了它们。至于唐娜罗莎琳达究竟是如何做到的，只有她自己知道了。

我说过，女院长离开了两年才返回西班牙。一名信使大概先她七天到达，传信说她即将返回塔耳

塔洛斯圣巴巴拉，请做好准备。修道院上下，有人忧心忡忡，有人激动不已。

然而，等她最终抵达，却没有几个修女看到她进入修道院，因为那时天还未亮，她们说是零点。我的房间恰好在主门廊上方，马匹和马车的声音把我吵醒了。我匆忙穿好衣服，下楼迎接唐娜罗莎琳达回到修道院。

虽然女院长裹着黑色长斗篷，但我绝不会弄错，她的肚子巨大，至少是普通孕肚的两倍，已经九个月，即将临盆。

等仆人将唐娜罗莎琳达的所有行李都送入八角塔后，她独自走了进去，缓慢、艰难地挪动着。她人生的最后三天，是加斯特卢姆·德哈维尔修女服侍在侧。

第三天，法维奥利娜修女让我去塔楼一趟，她是主动来找我的，因为她亲眼看到了塔楼里发生的可怕事件，已经崩溃。

女院长痛苦地挣扎在死亡边缘，时间已是午夜。想起那可怕的一幕，我还是会打冷战。唐娜罗莎琳达之前一直是个瘦弱的女人，现在已经肿胀到怪物般的尺寸，犹如一只小鲸，而且全身乌黑。身体已膨胀到极点，她缓慢浮起，在空中停留了一会儿。突然，她的身体剧烈震动起来，随后便是巨大的爆炸声，响过世间所有大炮，爆炸之剧烈，气流将我甩到了墙上。塔耳塔洛斯圣巴巴拉修道院院长只剩下一小块潮湿的黑皮，和手绢差不多大，留在床上。

刺鼻的烟雾如此浓厚，犹如一片雷雨云，且恶臭逼人，充斥着这个刚死过人的房间。这一绝世奇观震得我头脑发昏，我并没有立刻发现，在这浓厚的烟雾中，还有一个小东西，或者说是发光的身体，它飘浮着，扇动双翼。过了一会儿我才发现那是个男孩，和仓鸮差不多大，白得发光，长着翅膀，在靠近天花板的空中飞舞着。他佩戴着弓和箭，但从他身上发出的刺目光芒，让我无法细看。女院长的尸体散发出的恶臭现在已变成美妙至极的浓香，就像麝香和茉莉的气味。

此刻，其他听到唐娜罗莎琳达那可怕爆炸声

的修女，惊慌失措地冲入塔楼，来自马德里的牧师罗德里格斯·塞佩达阁下也来了。他们只见证了那一阵香气，他们称之为神圣芬芳，还看到了一眼那个长着翅膀的男孩，他升上旋转楼梯，进入观测台，至此消失不见了。他们自然把他当成了天使。

女院长的肉体只剩下一小块黑皮，这一尴尬的事实也没能阻止修女们奉她为圣人。恰恰相反，她们相信，她如童贞圣母那样升入了天堂，只留下了一个天使和神圣芬芳。那块皮被放置在玫瑰和百合花丛中，后来被放入一口华丽的棺材，大到能装下三个女院长。葬礼在修道院的地下墓室中进行，我想这点我已经说过了。

罗德里格斯·塞佩达阁下和五十五名修女都见证了女院长爆炸后的场景，因此，无论我主动说出什么证言，都无法改变他们的想法，他们坚信那些奇迹肯定来自天堂而非地狱深处，而我深信那就是地狱的把戏。

这份文件的作者是多米尼科·欧卡里斯托·德赛奥斯——塔耳塔洛斯圣巴巴拉修道院从前的告解

神父，九十七岁时，教皇……（名字难以辨认）下令将其烧死在十字架上……

我们靠你要推倒我们的敌人，靠你的名要践踏那起来攻击我们的人。我们真正的号角是基督，亦是天父之名，救了我们脱离敌人，使恨我们的人羞愧。[1]

有一个写得歪歪扭扭的脚注，墨迹已经淡去：

不经腐化，大作便不能得成。

解放圣徒的圣杯和精气。

"它将我的黑暗变为光明，它撕开了环绕我的混沌。"[2]

*

---

1   原文为拉丁语。参考《圣经·旧约·诗篇》第44章第5—7节。

2   出自《皮斯蒂斯·索菲亚》第2部第73章。

唐娜罗莎琳达小传就此结束。

我在窗户上挂了张毯子，如此一来，我就能读完整部手稿，同时又不会暴露灯亮了整夜直至天明这件事。

这就是那位抛媚眼的女院长的历史。我得说，果然没让我失望，不过我还是觉得她最后的解体让人有些沮丧。在阅读的过程中，我喜欢上了这位勇敢无畏、充满活力的女院长。那个好听墙角的神父——多米尼科·欧卡里斯托·德赛奥斯竭力将她描述成邪恶之人，却丝毫未折损其原始形象的纯粹。她必定是女中豪杰。

我很想进一步问问克丽丝特布尔·伯恩斯。比如，女院长的画像是如何来到美洲的？以及它为什么被挂在这家养老院里？我本想天亮后就去找克丽丝特布尔问个清楚。然而，发生了意想不到的事，以至于我好几天都没法和克丽丝特布尔说上话；事实上，这段时间没人想谈论其他话题。现在我就来讲述当时众人热议的戏剧性事件。

*

因为熬夜细读女院长的历史，我睡过头了，还是安娜·沃茨把我叫醒的。她把我摇醒的时候，手舞足蹈地说着什么。由于亢奋是安娜·沃茨的常态，我一开始没太在意，直到她将号角递给我，强塞到我耳边，让我听。

"我碰巧有一块丝绒布，放了好久，品质尚可，看上去就跟新的一样，不过我肯定我来这儿之前就有了，我打算用它做个刺绣，于是便顺道去问问她的意见。你知道，我从来没有片刻空闲来进行哪怕一点儿娱乐，而且我确实很享受独自坐在那儿，把珠子串成各种造型奇特的花，但别人不能理解，竟会有人更喜欢独处以及从事创意活动，而不是疲于奔命，为别人的职责忙个不停。"

我用我的号角敲了敲桌子，大喊："为了爱与和平，安娜，说重点，什么让你不痛快了？"经验告诉我，面对安娜喋喋不休的独白，你哪怕有一丝怯懦，就注定会一败涂地。

"哎，你真没必要大喊大叫，我刚要细说，她如何像一台失控的蒸汽压路机一样奔了出来，一把抓住我，对着我一通叽里呱啦，真的是叽里呱啦，我根本来不及反抗——你知道她有多强壮，她就把我拽进了屋里，当然，那个可怜人死了，尸体已经僵硬，我真的震惊到不行……"

"安娜，"我尖叫起来，此刻的我彻底吓傻了，**"你在说什么？"**

"怎么了？就是可怜的莫德啊，你还不懂吗？她夜里死了，我们都很伤心，我知道你和她关系不错，于是跑来猛砸你的门，可就是无法把你叫醒。然后就是可怜的纳塔查，你知道她有多么敏感。她深陷震惊和悲伤，不得不上床休息，甘比医生给了她一些安眠药，至少给了三颗，不过我从来没注意到，她和可怜的莫德竟然是那么要好的朋友，你发现了吗？"

我确实没发现，但我真的看到了那幽灵般的巧克力软糖。软糖里掺入了一个小包里的什么东西，那本来是为其他人准备的。穿着优雅花衬衫，擦"玫瑰之心"牌粉饼的可怜的莫德啊。她的桃色双绉连裤紧身内衣，我们人人称羡，她花了六个月来缝制。胆怯、敏感的莫德，我们之中唯有她有些像传统的可亲老妇人，蓬松的白发，粉嘟嘟的脸颊，白白的牙齿。当然，是假牙，但洁白。

可怜的莫德置身于开满蜀葵和薰衣草的旧世界花园里，坐在玫瑰蔓生的凉亭下，缝制优雅的连裤紧身内衣，直到永远——那画面近在眼前。

这个可怕的消息让我大为震惊。尤其是因为我本有可能救她一命，要是我在看见她从纳塔查的冰屋出来后就给她警告，并立刻让人去找医生就好了。

这着实让我进退两难。我应该说出我在厨房看见的纳塔查和范托希特太太做的事吗？显然，最佳做法是立刻通知甘比医生，尤其是因为第一次尝试，纳塔查和范托希特太太没能消灭她们的敌人，两人很可能会继续制作巧克力软糖。但我要是说了，无疑会让甘比医生猜疑我为什么会透过窗户偷看，而我又想不出任何体面的解释。显而易见的结论是，普遍的贪婪或好管闲事。范托希特太太和纳塔查可能会进监狱。我没听说过监禁有年龄限制，尤其是涉及谋杀；我想，即使她们杀错了人，这也还是谋杀。在英国，她们无疑会被判处死刑，要真是如此，我很可能就得冒险闭口不言，因为我绝不相信故意送人去死有什么道德可言。

整件事让人极度不安。可怜的莫德，我本有可能救她一命。

与此同时，我已经穿戴整齐，但毫无胃口，不想吃早饭。安娜·沃茨正对我说着什么："我们可以轻松爬上屋顶，从天窗往里看，小屋后有一架小梯子，那是清理水沟时用的。好像从来没人来清理水沟，但梯子一直在那儿。我很想去看看可怜的莫德，因为我们即将永别。多么脆弱的小女人啊。"

安娜提议，我们应该爬上屋顶，偷看莫德的尸体。在任何外人看来，这既可怕又不厚道，但谁能想到会看见两个老妇蹲在屋顶上呢？

为了神不知鬼不觉地靠近平房，我们得穿过许多低矮的树丛。我觉得我们简直就是在进行童子军演习。屋后的梯子看上去老旧得岌岌可危，木头都朽了。安娜·沃茨闭上了嘴——自我们认识以来，这是第一次——小心翼翼地顺着梯子往上爬。我希望等我们爬上去，她不要觉得必须叽里呱啦点评一番，要是被发现可是很不光彩的。我紧随安娜，将自己拽上了嘎吱作响的梯子。平房的屋顶是个平台，有两扇天窗用以采光。我们选择了可以清楚看到莫德房间的天窗。死亡将莫德的脸变成了窄缩、难以辨识的面具，让我联想到薄薄一片未成熟的南瓜。她嘴巴半张，紧盯着我们，眼神里混合了责备和惊讶。她的假牙躺在床边装了水的玻璃杯里。我想这就是她的脸窄缩的原因。她的白发鬈曲，依然蓬松，遮住了她的遗容。

范托希特太太坐在离床不远的地方。从远处看，她的脸缩成了一团肉，没有展现一丝情绪，但她不安地绞着双手，一刻不停。

一个穿着灰色罩衣的陌生女人走了进来，拿着一条毛巾、一个装着一块黄色厨房香皂的肥皂盒以及一桶水。她的动作精准、疏离。她有条不紊地取走床上用品，露出整具尸体——穿戴基本整齐。必定是她还没来得及换上睡衣，软糖的毒性就发作了，可怜的人儿。后来我才知道，她没去吃晚餐，她告诉范托希特太太自己感觉肝不舒服，偏头痛也犯了。她肯定是在所有人吃晚餐时死亡的。这就能解释为什么无人听见她濒死之际的痛苦呼喊了。

现在，穿灰色罩衣的女人在脱莫德的衣服。脱得有些困难，因为经过一夜，尸体已经僵硬。

过了一会儿，安娜抽搐着抓住我的手臂，我们俩差点儿跌入天窗，摔在下方那让人难以置信的景象上。莫德那具全裸的尸体属于一位可敬的老绅士。

我和安娜恍恍惚惚地爬下梯子，真不知道我们是怎么做到没摔断脖子的，反正我们平安下来了。我们远远看见甘比医生急忙往联排平房走来，于是赶尽远离那间死了人的屋子。我们从低矮树丛中钻出来后撞上了乔治娜·赛克斯，她说她以为自己听见了灌木丛中有水牛的声响，于是停下来确认一下。安娜·沃茨一溜烟跑了，仿佛有狼人在追她。

"我可以问问你和安娜·沃茨在灌木丛里踩来踩去，到底是在搞什么鬼？"乔治娜问道，而我正在清理头发里的树枝，"你们听上去就像受惊狂奔的非洲水牛。"

"我的天哪，别喊那么大声，"我焦急地说，"会有人听见的。去蜜蜂池塘，我会告诉你一切。"

"可怜的莫德，夜里死于急性肝硬化，"乔治娜说，"甘比夫妇把我们召集到工作间，告诉我们所有人应该如何用死亡来更新自我意识观察。她也不是弱不禁风，没人想过事发会如此突然。"

我决定向乔治娜坦白这整件让人不快的事，因为我开始怀疑她可能也有生命危险。我试着说道："莫德不可能死于肝病，她的脸色太过白净。死于肝硬化的人，皮肤会像纳塔查的那样黄。"

"莫德经常用黏糊糊的粉色粉饼抹脸，"乔治娜说，"在那么厚的粉之下，就算她的脸是蓝绿色的，你也看不出来。"

"莫德·萨默斯不是死于肝硬化。"我们已经到了蜜蜂池塘，这里空无一人，除了辛勤劳作的蜜蜂,无人光顾。我们坐在石凳上,我对乔治娜讲了来龙去脉:我如何看着范托希特太太和纳塔查在软糖里放毒药,莫德如何跟踪纳塔查,随后偷走了那致命的糖果。后来便是发生在平房楼顶的戏剧性一幕:我们发现优雅、女人味十足的莫德是如假包换的男人。

"蛇蝎心肠!"乔治娜脸色惨白,"软糖肯定是为我准备的。她把一切都安排好了。"

纳塔查邀请乔治娜共赴在厨房附近举行的小小和解宴,其实是一次蓄意谋杀。

"我们最好立马告诉甘比,"乔治娜说,"他们必须报警。如果我们是在美国,她们俩都会被送入死刑室,在电椅上被电出肥油。我愿意花上十美元来观看。"

"这儿可没有死刑,"我告诉乔治娜,"但他们可能会把囚犯用铁链绑在一起,让他们工作,用鹤嘴锄劈石头,还让裹着红色缠腰布的巨型努比亚人鞭打他们。"

乔治娜做了个鬼脸:"唯一可能的情况是,她们会在女监里分到一间漂亮的起居室，一周开两次软糖派对，周日还会举行降神会。"

"当然，如果他们证明了莫德是被谋杀的，"我想了一会儿说道，"纳塔查可以辩称她做软糖是为了毒杀那些她说起过的老鼠。"

"有谁听说过给老鼠做巧克力软糖的？"乔治娜回答，"人们用的都是放了好久的烂奶酪块。"

我们出发去找甘比医生，结果只找到了甘比太太，她正在厨房里搅拌土豆汤。

"甘比医生今天不接待任何人。现在医生都快急疯了，你们俩却想为些私人问题去找他，也太不懂事了。"甘比太太微笑着说道，嘴巴闭得紧紧的。

"十万火急，"乔治娜说，"我们必须立刻见他。"

"虽说如此，但甘比医生今天不处理任何私人事宜，"甘比太太回答，"尽管发生了惨剧，打乱了我们平日的节奏，但我现在命令你们去打扫自己的屋子，克制、有序地度过这一天。"

显然，再坚持也没有用了，直到第二天，在

莫德的葬礼后，我们才有机会和甘比医生说上话。这简直太惨了，因为他们无疑还要费力把她挖出来，但别的我们也做不了。

与此同时，我们一边绕着花园走，一边从各个角度讨论着整件事。

"做梦都想不到莫德竟是男扮女装！"我对乔治娜说道，"她整天穿些紧身连裤内衣、精致衬衫。你不会惊得下巴都掉了吗？"

"我一点儿也不惊讶，"乔治娜说，"莫德一来到这儿，我就知道'她'其实是男人。"

"你怎么可能知道？"我震惊地问，"'她'比我们所有人都更有女人味。"

"阿瑟·萨默斯在纽约开古董店的时候我就认识他，"乔治娜说，"但我根本没理由泄露他的小秘密，毕竟他从没伤害过我。至于他为何选择莫德这个糟糕的名字，就是他自己的事了。"

"不过他为什么要把自己关在一家老年妇女收容所里？"我问，"他肯定可以找到更有趣的事做。我相信他存了一笔小钱。"

"好吧，既然你问到了故事的核心，我还是把整件事都告诉你吧。反正现在也伤害不到可怜的阿瑟了。

"很多年前，阿瑟·萨默斯在第八大道买了一家很小的店面，他往里面塞了各种恶心的垃圾，却说是古董；我以前就住在他隔壁，就和我跟你说过的那个阿比西尼亚人住在一起。所以我会时不时跑到他店里，找阿瑟聊聊我的小烦恼，我们的关系变得相当好。过了一阵我才知道，我们亲爱的阿蒂[1]的古董只是在为他的地下小产业打掩护。他卖粉色或蓝色的迷你针垫，外面包着蕾丝，里面填充的是神秘的叶子。

"我花了很久才搞明白，为什么他的客户——通常都是健壮的水手——喜欢买这么多精致的女红配件。针垫是阿瑟自己做的。他就是这样练就了一手出色的针线活。他这个小生意做得相当舒服。很多人都喜欢抽叶子，那让他们精神振奋。

"天气晴好的一天，他把店铺楼上三个房间中

1　阿蒂（Arty），阿瑟（Arthur）的昵称。——编者注

的一个租给了一位名叫韦罗妮卡·亚当斯的女风景画家，就是如今住在侯爵夫人的毒堇附近的水泥靴子里那个韦罗妮卡·亚当斯。她现在还在厕纸上不停地画，用了好几码长的纸。那时，她还是个身材姣好的女人，阿瑟疯狂地爱上了她。他甚至不收房租了。这浪漫的羁绊必定让阿瑟大意了，因为他行差踏错，竟开始把粉针垫卖给纽约警察。事情开始变得非常棘手，要不是在格林威治村开地下酒吧的"疯眼约翰逊"及时给阿瑟通风报信，他无疑会被送入新新监狱[1]或类似的地方。所以阿瑟和韦罗妮卡跨州去拉雷多[2]开了一家夜总会。韦罗妮卡只要有空就画她的风景画。客人足够多的时候，她也会上场，参加周六夜脱衣舞演出。我并没有亲眼见过她表演，但你看看她现在的样子，还是有很大想象空间的。她当时肯定就穿戴着鸵鸟羽毛和串珠。我想服装应该是由阿瑟操刀的。

"所以，他们就这样干了下去，只要韦罗妮卡

1　美国纽约州的一所监狱，曾以严厉的教管而臭名昭著。

2　美国得克萨斯州南部城市。

的身材还能吸引客人。后来，他们得以隐退，在阿根廷待了几年后，就来到了这里。阿瑟觉得对一段动荡的人生来说，老年妇女之家算是个高雅的收尾。可怜的阿瑟从来没有因为不得不和范托希特太太共住一栋平房而讨价还价。那对他打击挺大的，让他很伤心，但他最终还是习惯了。他一贯注重谦逊的品德，所以范托希特太太尽管好管闲事，却从没发现他的秘密。总之，直到现在。这就是阿瑟·萨默斯的生命历程，他从没想过自己会在老年妇女之家被谋杀，不过他也很可能在世界上的其他任何地方被谋杀。"

回望过去似乎让乔治娜伤心不已，我试着转移话题。"我挺好奇那叶子是什么味道的。"我说，但乔治娜没听见。或许她正想着阿瑟和韦罗妮卡·亚当斯。或许她正想着那个阿比西尼亚人。

阿瑟/莫德被匆忙下葬。没有亲友吊唁，出席葬礼的只有甘比夫妇。没人知道他们究竟怎么看阿瑟/莫德是男人这件事。他们从没在大家面前提过。韦罗妮卡继续在厕纸上作画。她弯腰弯得没人能看见她的脸，也猜不到她是否因为失去往日的爱人而悲痛。

反正我自己是度过了糟糕的一夜，一会儿焦虑我该跟甘比医生说些什么，一会儿又因为想到纳塔查和范托希特太太的邪恶阴谋而恐惧得颤抖。没人能想到这些问题会出现在老年妇女之家里。

午饭后不久，甘比医生就接待了我和乔治娜。他的胖脸灰得不同寻常，还神经质地抽搐。

"真是的，"他暴躁地开头，"任何对劳作的指导，都可以找甘比太太。我忙得不可开交。麻烦直接说重点。"

"简单，"乔治娜说道，一如既往地勇敢，"莫德·萨默斯被谋杀了，她从来没有肝硬化。"

甘比医生发出了嘶哑的尖叫，调整好自己的状态后，说道："乔治娜，你必须努力战胜你病态的想象力。"

"去他妈的病态想象力！"乔治娜说，"先听听莱瑟比太太的故事吧，她透过厨房窗户看到的事。"

于是我讲了我的故事。

"现在，"甘比医生说，"如果你差不多说完了，我得说我一辈子就没听过如此恶毒的诽谤。最让我震惊的是乔治娜，你已经劳作了这么多年了。你们都受了病态想象力的毒害，那是人类最根深蒂固的恶习之一。我会让你们俩私下里再多加练习，这样你们或许就能战胜这可怕的心理疾病。"

　　"你肯定疯了，"乔治娜气愤地说，"你坐在那儿叭叭地扯什么心理学，而我们全都有可能在吃不知道哪顿饭时被毒死。范托希特和纳塔查该被送上电椅。"

　　甘比医生从椅子上站了起来："你说得够多了，赛克斯太太。我一定会让他们给你注射镇静剂。"

　　"甘比太太给纳塔查买的老鼠药怎么说？"我问，"你肯定至少得让她解释解释那个问题。"

　　甘比医生自豪地说："冈萨雷斯太太是最了不起的女性，有着强大的超感异能。你和乔治娜·赛克斯都不可能理解她精妙的思维运作模式。你们编造的恶毒八卦只能表明你们妒火中烧。

　　"现在我得对你们说日安了。甘比太太会来给你们注射镇静剂的。"他打开门，把我们轰出了书房。

我和乔治娜设想过各种反应，但绝没料到会撞上一堵誓死不信的墙。几乎有五分钟，我们都没说话。拿着我们的谋杀理论去找甘比太太似乎也没戏了。

吃早饭时，我一直在偷看范托希特太太和纳塔查；我和乔治娜基本上没吃。不安全。

*

下午，我被告知有人来探望我，于是急忙赶到专门接待工作日访客的会客室。当我看到穿着花呢长裙、倍显时髦的卡梅拉时，惊喜之情无以复加。

卡梅拉的心灵感应告诉她，事情出了差错。她梦到我和一名典狱跳起了维也纳华尔兹。

"梦中舞蹈要么意味着神秘之力，要么意味着麻烦，"她告诉我，"所以我知道你肯定惹上了什么麻烦。"

我带卡梅拉去了我最爱的地方——蜜蜂池塘，我在那儿将整件事和盘托出：可怜的莫德／阿瑟如何被误杀，以及我们担心这个错误随时都有可能被纠正。

"我一会儿就能想出解决办法，"卡梅拉说着，在她带来的有盖的大篮子里翻找，"现在，我最好在其他人进来前把巧克力饼干和波特酒给你。我把波特酒放在热水瓶里，以防有人检查篮子。我还有一把大锉刀，以防这里有铁栅栏——好像没看见，不过你永远无法预料。你可能会受到攻击，到时这个东西就能派上用场了。"

"你真是太好了，卡梅拉。我希望我也有东西给你，但我们出不去。"

"别在意，"卡梅拉说道，"猫都好，那么在我看来，你现在唯一需要担心的就是你随时有可能被谋杀，要么是被误杀，要么是蓄意谋杀，无论是哪种情况，你的下场都只有一种。当然，你还得警告这里每一个可能遇害的人。还有，既然甘比医生拒绝采取任何行动，你们必须集体绝食抗议。"

这想法妙极了，不过甘比医生和甘比太太很有可能会坐在那儿，平静地看着我们所有人饿死。我把我的疑虑告诉了卡梅拉。

"无须担心。要是发生最坏的情况，我就把这事捅到报纸上去。"

我都能预见头条会怎么写。"老年妇女之家尸横遍野"或类似的西班牙语标题。这下场太惨了，而且从我们的角度看，这根本算不上解决办法。不过，被毒死，可能比饿死更糟。而且后者的补救方法简单，毕竟我们在住的地方就能获得食物。我告诉卡梅拉，我觉得绝食抗议是个绝妙的计划。

"你用一支火把召集午夜集会，"卡梅拉说，"告诉所有人，她们受到了一个疯狂女杀手的威胁，她会不择手段地杀掉她的目标。然后你把我带来的巧克力饼干分给大家。那些饼干应该能支撑七八个人活差不多一周。到那时，甘比医生就会投降了。"

"万一甘比医生只是坐在那儿看我们饿死呢？"我问道。

"那么，"卡梅拉说，"你就告诉他我掌握了所有情况，如果十天内，我没收到你的信，我就要公开整件事。"

"我必须确保范托希特太太和纳塔查拿不到巧克力饼干。"我告诉卡梅拉。

"我们把这些饼干埋在你房间的地板下，"卡梅拉立刻回答，"咱们马上动手吧，我迫不及待想看你住的瞭望台，以及里面的假家具。"

去往我的瞭望台的路上，卡梅拉充满好奇地研究了其他住宅。"虽然我看过你写的信，"她评价道，"但现实几乎超越了艺术描写。它们为什么被弄成了这种惊世骇俗的形状？它们破坏了花园的景色，要是没有它们，花园应该看起来美丽又宁静。"

"甘比医生依据他所谓低等天性[1]的方位角震动来选择每个小屋；我得到瞭望台是因为那是唯一的空房。甘比太太说我应该住在'水煮花椰菜'里，但他们没有现成的。"

1　原文为"lower nature"，《圣经·新约·加拉太书》第 5 章也提到了这个短语，和合本译为"情欲"，与"圣灵"（Spirit）相对。

"这想法真是魔鬼啊！"卡梅拉说，"他们肯定是虐待狂。"

"我们必须观察自身低劣天性的运作，"我继续说道，越说越起劲，"甘比医生说，获得救赎的唯一方式就是自我体察。我们还会做一些很复杂的锻炼。"

到达瞭望台后，我们小心翼翼地关上门。没有钥匙，于是我们用一把椅子抵住门。遮住窗户后，我们就开始撬动一块松动的地板。不算太困难，毕竟这屋子已经年久失修了。

"我现在得走了，"卡梅拉说，"如果我们关门鼓捣太久，他们会起疑的。记住绝食抗议的所有细节。集会必须在午夜。如果你能搞到一面骷髅旗，那可帮了大忙了。你们可以自制火把，用柳树和撕成条的被单，沾上油。可能的话，用蛇油，那气味可振奋人心了。

"一旦所有人听说有两个在逃的投毒手，以及她们自己有可能在不知吃过哪一顿饭后抽搐着死去，死状恐怖，你就会发现她们非常乐意配合。在花园里选个隐秘的角落。蜜蜂池塘应该隐蔽性不错，从房子里看不到，杀人犯也看不到。

"这肯定算暴动，如果你们被当局发现，他们可能会用机枪对付你们。要是有一辆装甲车就绰绰有余了，或者来辆小坦克也行，不过要得到这两样都有些困难。你可能需要寻求与军方合作。我不确定他们是否会出借坦克，不过他们可能有一辆旧的。无论如何，集会必须秘密进行。如果你能让其他人披着斗篷来，就更好了，因为这样的话，除非被捕、遭拷打，是不会有人认出她们的。"

卡梅拉将她的想法重复了好几遍，离开前又叮嘱了几点，比如让狙击手藏在蜜蜂池塘四周的树上，安装秘密电台，建一连串哨站，用手鼓传递加密信息。

卡梅拉激动人心的来访后，我感觉十分振奋且欣喜。我很快就去见了乔治娜，立刻跟她说了我们的计划，略去了那些不那么现实的，比如坦克、蛇油、秘密电台和狙击手。我强调绝食抗议不仅可取，而且势在必行。

"我可想不出比这更好的计划了，"乔治娜说，"我们必须今晚就集会。晚饭后，大家可以假装像往常一样各自回房，等甘比夫妇、范托希特和纳塔查舒舒服服躺上床后，我们就行动，在池塘碰面。"

"我们最好告知韦罗妮卡·亚当斯、侯爵夫人、克丽丝特布尔和安娜·沃茨，这样她们才能大概知道我们为什么集会，别走漏风声给纳塔查和范托希特太太，"我说，"她们可以说自己胃痛，吃不了晚饭。这甚至可以成为开启绝食抗议的好方式。"

就这样，达成一致后，我们便出发去将我们的计划告知其他人。

是夜的晚餐倍显凄凉。吃饭的人只有甘比医生、范托希特太太和纳塔查。甘比太太因为头痛，拿着一片阿司匹林早早下了席。我们剩下的人坐着看他们吃。气氛焦灼。

"我不会试着找出你们全都没胃口的原因，"

快吃完时甘比医生说道，"不过我还是要说，劳作容不得歇斯底里的抱怨。身心失调的疾病和其他身体病痛一样致命。如果你刻意让你的低等中心掌控你的机体，很快你就会遭遇全面崩坏，后果不堪设想。"

说完，他用餐巾擦了擦嘴，然后把它卷起来，用我们所有人都使用的骨瓷餐巾环套住。甘比太太说，如果每天清洗餐巾，洗衣费可就不够了。

起居室里的晚间娱乐时间并没有持续往常那么久。甘比医生摇铃时，大家都放松了下来，回到了各自的住所。

女院长讥笑着俯视我们。

那夜没有月亮，不过幸运的是我们都有蜡烛，每个屋子都配备了蜡烛，以防停电——确实经常停电。

等所有人都来到蜜蜂池塘，肯定已经差不多十一点半了。情况太不同寻常，我根本没注意到有些蜜蜂还在静止、漆黑的喷泉上嗡嗡飞舞——这可是件稀奇事。我在潜意识中听到了它们的声音，不过我一直在想，那是不是我的号角产生的某种声学特效。

会议开始，我细数发生过的所有事，乔治娜一一证实。随后分发了饼干，大家讨论了一阵。

我们一致同意绝食抗议是目前最实际的解决方法，不过我的巧克力饼干究竟能支撑多久，这还是个问题。

为了抵抗夜晚的凉风，我带来了装着波特甜酒的热水瓶，大家不时传着喝几口。要不是有未来忍饥挨饿的阴影笼罩，这本该是一次愉快的聚会。

"我也有一些小甜饼，很乐意拿出来与大家共享，"克丽丝特布尔·伯恩斯说道，"我给每个人带了一块饼干，就放在口袋里，因为我已经想到大家没吃晚饭有多饿了。数量有限，我只给每人带了一块。令人高兴的是，莱瑟比太太也藏了一些巧克力饼干，那可是很有营养的。我们应该能撑一段时间，至少能等到甘比医生有足够的理智将纳塔查和范托希特太太赶出这里。"

克丽丝特布尔给每人发了块饼干，每一块都

整齐地包在柔软的纸巾里。饼干实在太小，只有一小口。

"你们会在饼干里找到一张纸，上面写着每个人的命运，"克丽丝特布尔说，"我提议每个人读一下自己的签文。"

大家咬开饼干，依次读出了纸上的预言。我们围着池塘坐了一圈。按照月亮的运行轨迹，依次是韦罗妮卡·亚当斯、侯爵夫人、安娜·沃茨、乔治娜、克丽丝特布尔·伯恩斯。我在最后。

"虽然你已放弃希望，但你终将再遇真爱。"韦罗妮卡·亚当斯读道。

"战斗即将胜利，不要无谓地消耗自己。胜利在望。"这是侯爵夫人的。

"你的人生不会总是辛劳和烦忧。剧变将临，保持良好心态。"安娜·沃茨正准备点评几句，但克丽丝特布尔抬手示意她别说话，大家同意让她担任会议主持，她也愿意。蜡烛在微风中摇曳，忽明忽暗。

"你的勇气和善意很快就会有回报。不要害

怕那些对你心怀恶意之人，他们很快就会落荒而逃。"乔治娜读道，愉快地笑出了声。接下来是克丽丝特布尔，她读道："你注定要为神圣的事业虔诚奉献。"

我打开自己的那张纸，大声读道："救命！我是塔楼中的囚徒。"周遭有那么一刻的停顿，克丽丝特布尔似乎是为了不让大家深入讨论这个话题，从她的披巾下掏出了一只迷你手鼓，开始有节奏地拍打。一开始我们跟着鼓声点头，随后脚也动了起来。不一会儿，我们就开始绕着池塘跳舞，挥舞着手臂，全都动作怪异。当时，似乎无人觉得我们怪异的舞蹈有什么不同寻常之处。无人感觉疲倦。就连年近一百的韦罗妮卡·亚当斯都和大家一起欢腾。在此之前，我还没体会过韵律舞蹈的乐趣，即便在狐步舞大行其道的年代，靠在适婚男青年怀里的我也没觉得有趣。我们似乎被某种不可思议的力量点燃了，它将能量注入我们衰朽的躯壳。

克丽丝特布尔开始随着鼓的节奏吟唱：

贝尔齐·拉·哈－哈·赫卡戚来吧！

跟随我的鼓声降临我们之中啊

因卡拉·伊克图姆，我的鸟，是间谍

赤道上升，北极下坠。

埃普托卢姆，扎姆·波勒姆[1]，增加之力

北极光和一群大雁将至

因卡拉·贝尔齐·扎姆·波勒姆这面鼓

塔耳塔洛斯的至高女王快来光顾。

这首歌不断重复，直到一朵云在圆形池塘上聚集，所有人齐声尖叫：扎姆·波勒姆！恭迎蜂后！

接着，那朵云似乎变成了一只羊那么大的巨型黄蜂。她戴着高耸的铁王冠，镶嵌着水晶——冥府之星。

这一切有可能只是一种集体幻觉，不过还没人告诉我集体幻觉到底是什么意思。巨大的蜂后在水池上方缓慢旋转，快速扇动着她的水晶翼，以至

1　扎姆（Zam）是古阿维斯陀神，在印度-伊朗语族里意为"地球"；波勒姆（Pollum）与英语中的"花粉"（pollen）读音近似。

于羽翼好像发出了淡淡的光。当她面对我时，我惊恐地发现，她和女院长有着诡异的相似之处。那一刻，她闭上了一只巨大如茶杯的眼睛，抛了一个奇妙的媚眼。

然后她渐渐消失了，从她的倒刺开始，最后是弯曲的触须。空气中留下了野蜂蜜的香甜气味。

不可思议，无人听见我们的狂欢。我们全部返回了各自的屋子，烦恼全无，沉沉睡去，一夜无梦。散会前，克丽丝特布尔告诉我们，三日内，午夜再聚。

无须言语，大家都默契地没有讨论扎姆·波勒姆，至高蜂后。但我们充满了勇气，决心实现目标。

当然，每一餐都只能坐着看别人吃饭，自己却连面包屑都不沾，确实不容易。甘比医生大快朵颐的画面有愈演愈烈之势，我们被迫不断努力克制。饥饿也难以抵抗，每天两块饼干，实在不足以果腹。甘比医生每天给我们上课，但无济于事。我们不为所动。

甘比太太面带痛苦的笑容，不厌其烦地说着

刻薄的话。没有人和纳塔查或范托希特太太说话，我注意到她们日渐憔悴。她们开始两人一起鬼祟潜行，在意想不到的地方出现，无疑是想偷听我们的谈话。我们极其谨慎，就连安娜·沃茨都开始低声说短句。

另一件事让绝食抗议越发困难。天气突然转凉，每天早晨，花园里都挂着闪亮的白霜。这对一个地处北回归线以下的国家来说，实属怪事。接近中午，霜在阳光下消融，但日子一天冷似一天，处于饥饿状态的我们，备受煎熬。所有人都没有皮毛外套，所以我们走动时都披着毯子，瑟瑟发抖。尽管困难重重，那亮晶晶的白霜还是让我收获了奇异的欢欣，我想到了拉普兰。

尽管甘比太太不遗余力地动员大家帮忙，但早上没人再去厨房工作。既然我们连东西都不吃了，他们也没法让我们去工作。我们有大把时间可以闲逛，要么聊天、做白日梦，要么偶尔思考思考。我时常想，我饼干里的那句话是什么意思。我越想越觉得那些神秘的文字十分紧急："救命！我是塔楼中的囚徒。"

我一直怀疑有人住在塔楼里，但我完全猜不到那可能是谁。

一天，我正在找用来生火的树枝时，碰到了克丽丝特布尔。午饭时间，我们通常会在花园里点篝火取暖。我借机归还了女院长的小史，并问了些问题。比如，唐娜罗莎琳达的画像是如何来到美洲的？

"那是在西班牙内战时期，"克丽丝特布尔回答道，"一个名叫唐阿尔瓦雷斯·克鲁斯·德拉塞尔瓦的西班牙难民在躲避法西斯时，将画带到了这个国家。他肯定是唐娜罗莎琳达的后代，他在这儿住了几年，直到过世，后来房子就被甘比夫妇接管了。"

"房子是他们买的还是租的？"我问克丽丝特布尔。

"甘比夫妇从阿尔韦托·德拉塞尔瓦——原房主的儿子那儿租的，阿尔韦托现在在城里经营一家杂货店。"

"塔楼也被他们租了吗？"我突然发问。我注意到克丽丝特布尔在回答前短暂顿了一下："实际上，甘比夫妇没有使用过塔楼。其中有一半都进不去，通往楼上房间的楼梯被墙围起来了，墙上只有一扇装了铁条的小窗用来通风。"

"克丽丝特布尔，"我说，"谁住在塔楼里？"

"我不能说，"克丽丝特布尔说，"你必须靠自己发现。只有破解出三个谜语，你才能获准进入塔楼。第一个谜语：

我头尾各戴一顶白帽

一直戴着，一年四季一天不少

缠在我肥肚上的腰带热烘烘

虽然无腿，我仍四处移动。

"这第二个谜语与第一个有关，它是这样押韵的：

你不停旋转，我立定如峰

我坐着看你，一声不吭

若你足够倾斜，帽子将变腰带

做了新帽，旧帽便消融不再

虽然无腿，你的旋转将显得蹩脚

我似乎动了，但没有，我的姓名谁知晓？

"如果你想出了第一个谜底，应该就能想出第二个。不过，第三个就不那么简单了，但仍与第一个和第二个有关。谜面如下：

你们其中之一转身，另一个人坐着

虽然帽子在变，但总能契合

曾活在一座山或一块石头中

我如鸟般飞翔，但我不是鸟这一物种

待你拿到新帽，我的牢门就会打开

沉睡的看守现在将醒来

而我将再次飞越他们的属地

谁是我母亲？谁能破解我的姓名之谜？

"如果你解出了这三个谜语，你就会明白是谁住在塔楼里。"

天冷得不行，我们急忙去收集更多树枝用来生火。剩下的人，包括乔治娜、韦罗妮卡·亚当斯、侯爵夫人和安娜·沃茨在草地上生起了一大簇篝火，她们正在烧水，直接就用的温泉水，尝起来有淡淡的硫黄味。侯爵夫人弄来了一些茶，这对我们来说可是奢侈的享受。

"简直就像从前，"侯爵夫人愉快地说，"我贿赂园丁，让他帮我们买点儿茶，而且既然他能买来茶，我就顺便让他再买了两公斤糖。"

"糖!"我们齐声说，"太棒了!"两公斤糖大概能救我们的命，我们中已经有人严重营养不良了，我们都害怕会染上肺炎。糖能给我们能量，帮助我们保暖。加了糖的茶是我这辈子尝过的最美味的灵药。

下午下起了小雪，我们大部分人都找出了一切能盖的东西，把自己紧紧裹在里面。甘比太太到每个屋子通知：甘比医生希望所有人到起居室集合，他有特别的事情要说。她异乎寻常地礼貌，我们中的一些人立刻警惕了起来。

"请坐下，"等到我们所有人，包括范托希特太太和纳塔查都来了，甘比医生说道，"我要说的话不会占用大家太长时间，但你们还是怎么舒服怎么来，因为我担心过去几天已经耗尽了其中一些人的力气。

"显然，出于某种原因，你们拒绝像往常一样在餐厅吃饭。我尽己所能劝说你们吃饭，但没用。异常寒冷的天气，正常饮食的缺乏，可能会让你们陷入自己并没有完全意识到的危险之中。

"在这次令人费解的行动中，你们排挤了我们这个团体中的两名成员——纳塔查·冈萨雷斯和范托希特太太，致使她们郁郁寡欢。她们都是值得称颂、精神高尚的女性，可其他人咄咄逼人的态度让她们悲痛不已，她们已经和各自的家人沟通过，今晚就会被带回家。"

欢呼响起，但甘比医生没有理会，继续说着："她们是唯二从劳作中受益的人，你们却如此对待她们，这结果令人惋惜，对我们这个机构来说，是难以挽回的损失。我只希望等你们将来幡然悔悟，会意识到你们愧对自己的同伴。目前我要说的就是这些。我希望晚餐时间看到每个人坐在自己的老位子上，正常吃饭。"

乔治娜勇敢地站了起来，作为我们的发言人，发表了如下这段演讲："甘比医生，我和我的同伴绝不会因为这两个我们认为是公共威胁的女人将被赶走而感到懊悔。等我们百分之百确定我们要吃的食物没有被动过手脚，那时我们就会在饭点集合。要等到她们走后二十四小时，而且我们要监督餐食的准备过程。今后如何就餐将由投票决定，因为我们大部分人都不愿在吃饭时再听你枯燥的说教。"

甘比医生的眼镜镜片一闪。甘比太太站起来，弄翻了她的椅子。"乔治娜·赛克斯，"她厉声说道，这次忘了微笑，"还没到你掌管大权的时候。从明天起，一切照旧。"

"那是需要你、甘比医生和我们大家共同讨论的事，"乔治娜说，"因为我们绝不会再让自己被你们可恶的日程安排威胁。虽然自由在我们的生命中来得晚了一些，但我们绝不会再放弃自由。我们中的许多人一辈子都和专横跋扈、脾气暴躁的丈夫生活在一起。当我们终于摆脱了丈夫，就开始被自己的儿女驱使，孩子不仅不再爱我们，还把我们视作负担以及嘲弄、羞辱的对象。如今，我们已经尝到了自由的滋味，你还异想天开地觉得，我们会容许自己再一次任你和你一脸奸笑的老公摆布吗？"

甘比太太浑身一哆嗦，但甘比医生先开了口："讨论就此暂停，真是毫无意义且离题千里。"他说着，急忙离开了房间，甘比太太、纳塔查和范托希特太太紧随其后。

我们正准备离开，回屋去喝我们每晚分发的加糖茶（我们会去韦罗妮卡·亚当斯的靴子屋煮茶），女佣告诉我贝拉斯克斯夫人在会客厅等我。当然，那就是卡梅拉。而她就是甘比医生转变想法的原因。不知为何，我从不相信他会出于人性大发慈悲。我想，甘比太太肯定觉得我们绝食抗议太好了，是节省厨房开支的好方法。

卡梅拉坐在会客厅里，裹着羊皮斗篷，看上

去暖和又舒适。"卡梅拉，"我叫道，"你还真开了天眼，来得正好。我们只剩最后三块饼干，要不是侯爵夫人搞到了一公斤糖，我们就会有十二小时没东西吃。"

"因为我没收到你的来信，"卡梅拉说，"我开始担心。我想到了一个绝妙的计划。我和甘比医生短暂聊了会儿，我告诉他，我的侄女在给报纸写文章（事实上，我怀疑她是否会写字，不过她做的蛋糕好吃极了），她对老年妇女之家的绝食抗议很感兴趣。我甚至暗示了引发绝食抗议的原因。不仅如此，我还说如果赶走那两个惹众怒的人，我很乐意租下那间联排小屋，付双倍食宿费。我想应该是我讲的最后一点让他同意了我的建议。他的眼镜闪着贪婪的光。"

"你在某些方面是天才，"我说，很高兴卡梅拉也将加入我们，"但你去哪儿弄那么多钱呢？"

"地下宝藏，"卡梅拉神秘兮兮地说，"我在后院仆人盥洗室的地板下挖出了财宝。"

很难辨别她是说真的还是开玩笑。埋在仆人

盥洗室地下的宝藏不是不可能，只是很罕见，可以说是太罕见了。

"什么样的宝藏？"我好奇地问，"西班牙钱币、印第安金饰还是几串钻石和红宝石？"

"我不小心挖出了一个铀矿，"卡梅拉说，"你记得我在信里跟你说过，我想挖一条地下通道，从我家直通养老院吧？所以我悄悄开始了挖掘工作，在我能找到的最隐蔽的地方，结果我挖出了铀矿。我和我的侄女现在是百万富翁了。我正在考虑买几匹赛马。"

"天哪，卡梅拉，"我说，真不知道该信什么，"你确实能碰到最不同寻常的事。我想你应该买下了你一直想要的直升机了吧？"

"事实上，"卡梅拉庄重地说，"我只买了一辆豪华加长轿车。来看看吧。"大门口停了一辆巨大的加长现代汽车，喷了淡紫色的漆，我知道那是卡梅拉最爱的颜色。车上坐着一名中国司机，他穿着黑色制服，脸上涂着玫瑰粉色的粉。他恭敬地向我们敬礼。

我真是惊得不知如何是好，只能想着是不是绝食抗议让我产生了幻觉。

"麻将，"卡梅拉对司机说，"把那一箱沙丁鱼和五打波特甜酒拿进来。"司机跳下车，从后备厢里拖出了一只板条箱，后备厢一打开，就放起了让人精神紧张的萨达纳[1]舞曲——卡梅拉最爱的音乐。

我和卡梅拉领路，司机麻将抬着那个奢华的箱子——箱子很重，装满了一百罐正宗土耳其沙丁鱼，往我的屋子走去。

从下午就开始下的雪，下得更大了，花园已经白茫茫一片了。

"这样的天气，在这个时节，真是不同寻常啊，"卡梅拉说，"简直就像身处瑞典。他们说，如果地球倾斜，两极的雪顶就会融化，赤道会跑到原来两极的位置，积起新的雪顶。"

我灵光一闪。当然，就是那个谜语。

1　萨达纳（Sardana），西班牙加泰罗尼亚地区的民间舞。

我头尾各戴一顶白帽

……

缠在我肥肚上的腰带热烘烘

虽然无腿，我仍四处移动。

　　谜底自然是地球。我怎么没有立马想到答案？接着，我突然害怕起来。难道我妈妈的设想——蒙特卡洛在赤道，以及比亚里茨下雪意味着极点在改变——真的是预言？对这个星球上的许多生物来说，如此改变的后果将是灾难性的。我头晕目眩。

　　"等我明天回来，"卡梅拉说，"我会给每个人带羊皮外套，就像我这件一样，还有长筒靴。你们没因严寒而死，真是奇迹。"

　　"你绝对不能一下把钱全挥霍了，"我说，"如果一周后，你就发现自己一无所有，那可太糟糕了。"

　　"别在意，"卡梅拉回答道，"我有几百万。就算我想，我也没法全花完。想想吧，我刚买下了全镇最大、最雅致的茶室，而那只是我送给侄女的小礼物。"

"可你为什么不给自己在镇上买栋豪华宅邸，却要来这儿？这里可没有任何奢华享受。"

"我喜欢有人陪，"卡梅拉说，"另外，我可以把奢华享受一起带进来。就像那座追逐着某个我记不得名字的人的山。"

"那是邓西嫩的树林，说山在追人的是莎士比亚。"[1] 我说，想着自己是不是弄错了。

"管它是树林还是山。"卡梅拉说。我们正看着麻将把波特酒瓶整齐地码放在瞭望台的墙边。他把珍贵的沙丁鱼箱子放在了桌上。

"这里好冷啊，"卡梅拉说，"我把我的外套留给你。"

"千万别，我会很不好意思的。"我说，心里却希望她可一定要这么做啊。

"我车里有一件上好的熊皮毯，"卡梅拉说，"麻将！"

1　出自莎士比亚戏剧《麦克白》，原本的剧情是走投无路的麦克白向女巫求助，女巫占卜说："麦克白永远不会被人打败，除非有一天勃南的树林会冲着他向邓西嫩高山移动。"（据朱生豪译本）

"在，夫人。"

"去把车里的熊皮毯拿来。我要把我的斗篷留给莱瑟比太太。如果她晚上在这儿睡觉不多盖一点儿，肯定会得肺炎的。"

"遵命，夫人。"他离开时，我还在弱弱地推脱。冷得彻骨，而且似乎越来越冷了。

"我真的相信极点在变换位置，"卡梅拉说，"这里肯定快粮荒了，我明天早上就去购物，带点儿物资来。毫无疑问，我们很快就要和饥饿的狼群战斗了。"这一想法似乎让她很高兴，她进一步说道："为了抵御严寒，住在非洲和印度的大象得长出长毛，再次变身长毛象。无法适应新环境的热带动植物将会消亡。我最为动物揪心。让人高兴的是，大多数动物都有生长迅速的皮毛，而且肉食动物还有很多人可以吃——那些没有预见即将到来的严寒、死在室外的人。这都是他们引以为豪的可怕原子弹的错。"

"你是说我们要进入另一个冰期了？"我问道，一点儿开心不起来。

"为什么不呢？以前就发生过，"卡梅拉条理清晰地说，"我得说，如果所有可怕的政府都被结结实实地冻在各自的府邸或议会里，我真的觉得这就是诗意的正义。事实上，他们总是坐在麦克风前面，所以他们很可能都会被冻死。这将是自一九一四年以来，继将贫苦国家推向集体屠杀后的利好改变。

"无法理解为何成百上千万的民众都听命于一群自称'政府'的病态绅士！我想，让人害怕的正是那个词。那是一种星球催眠术，非常不健康。"

"已经持续好些年了，"我说，"只有少得不能再少的人想过反抗，发动他们口中的'革命'。如果他们赢得了革命——偶尔会赢，他们会建立起更多政府，有时甚至比上一届更残忍、更愚蠢。"

"人很难懂，"卡梅拉说，"让我们祈祷，他们全都冻死吧。我确信，如果人类不受任何权威统治，那将非常愉快且健康。他们得自己思考，而非总是被人告知该做什么，或者通过广告、电影、警察和议会来思考。"

说到这儿，麻将已经拿着毯子回来了。卡梅拉把她的外套给了我，自己裹着毯子，扶着中国司机的手臂走了。

"我明天中午再来，"卡梅拉回过头说，"让他们给联排小屋消毒。发生谋杀后，那里的气场肯定毒性极强。"

卡梅拉消失在夜色中，而我，舒服地裹在温暖的斗篷里，动身邀请女士们来畅享沙丁鱼和波特酒。

联排小屋和纳塔查的冰屋的门都敞开着，雪吹进了空荡荡的房间。纳塔查和范托希特太太已经离开。我们一直不知道她们的去向，我们之中也没人费力去了解。

*

破晓时，我起床，望向窗外。还在下雪，苍白的花园很是可爱。我惊讶地看见有几位女士这么早就朝主楼走去。或许，她们决定到餐厅吃早饭，毕竟纳塔查和范托希特太太已经走了。但昨晚我们才敞开肚子每人消灭了几罐沙丁鱼，喝了不少美味的波特甜酒，不敢相信她们这个点竟然就饿成这样了。那确实是一场盛宴。不过，饿了这么多天，或许她们正胃口大开。我慢慢穿衣，一边想着还没解开的两个谜语。

> 你不停旋转，我立定如峰
> 我坐着看你，一声不吭。

这说的是谁？如果第一首诗指的是地球，那第二首或许指的是太阳？的确有可能，因为太阳确实看似在动，不过第三句再次声明太阳的"帽子"会变：

> 若你足够倾斜，帽子将变腰带
> 做了新帽，旧帽便消融不再。

腰带显然指的是赤道，"新帽"就是在原来的赤道上形成的新极点。如果这说得通，并且不是虚晃一招，故意出难题，那么似乎在动，实际并没有动的、坐着的观察者就不可能是太阳。两极并不需要和赤道交换位置来让太阳看起来在动，它本来就在动。

虽然无腿，你的旋转将显得蹩脚

我似乎动了，但没有，我的姓名谁知晓？

到底是什么？还有，为什么旋转的地球显得蹩脚？

我想不出答案，而且我真觉得自己已经够老了，实在不能开动我嘎吱作响的老朽脑袋去解谜。我有点儿生气，裹着昂贵的羊皮斗篷走进了雪里。太阳还没升起，黎明显得不同寻常地漫长，不过天空灰蒙蒙的，反正太阳也会被遮住。

积雪快到我膝盖了，不过由于极寒，雪都是干干的粉末。我有点儿内疚，只有自己穿着这件温暖舒适的斗篷，其他人都裹着各式各样的毯子。要是卡梅拉没带来多的斗篷，我想我们可以用这件大斗篷给所有人做背心。这能让支气管不受凉。在我们这个年纪，胸腔疾病必须重视。

花园中唯一的绿色是围绕下沉岩石的那个完美圆环，温暖的地下泉水从那里涌出。在一片白雪之中，围绕温暖的黑暗凹陷处的绿色圆环显得格格不入。我觉得甘比夫妇应该建一个室内浴室，我们可以在里面浸洗患风湿病的关节。含硫黄的水必定对关节炎有好处吧？或许他们不想在不属于他们的房产上花那么多钱。不过房子里恰好就有天然温泉，房东确实本就该好好建一个温泉浴场。可能杂货店赚的钱对他来说就已经足够了吧。

侯爵夫人赶上了我，和我一起躲在斗篷下。她的脸都冷得变成钴蓝色了。

"真是令人费解。"她对着我的左耳大喊。

"是的，确实，都这个时节了，我从没见过气候还这么无常的。"我答道，调整着我的助听号角。现在我经常带着它，用绳子挂在身上，颇有点儿罗宾汉的感觉。

"不是'无常'，"侯爵夫人说，"我说的是'令人费解'！"

"没错，确实令人费解，不过我想地质学家应该会给出几份令人满意但让人不知所云的报告，"我回答道，"北回归线以南的地区下这么大的雪肯定很不寻常。"

"不只是雪，"侯爵夫人回答，"还有啊，现在都上午十一点了，太阳还没升起来呢！"

我头上仅剩的几根灰毛登时竖了起来。太阳还没升起。必定有大灾临近了。我很害怕，但也十分兴奋。

起居室里生起了火，所有的老年淑女都端着咖啡围在火边。她们都热烈地讨论着异象。

"我真希望海狮能迁移到这儿来，"安娜·沃茨说，"它们聪明绝顶。我们可以在花园里教它们一些小把戏，它们也可以吃点儿沙丁鱼。"

"如果太阳真的要消失了，"乔治娜说，"地球上仅存的生物将是北极真菌，就连真菌最终也会消亡。"目前迫在眉睫的大事就是服装。我提议，要是卡梅拉没有兑现诺言，忘记多带几件斗篷过来，我们可以把现在这件裁成几块。我们一致同意，这样至少可以保护我们的支气管。

"还需要过一段时间，这里才会完全被巨大的北极熊占领，"安娜·沃茨继续说着，好像除了北极的动物，她就想不到别的了，"巨大的北极熊或许是可怕的敌人，不过我个人认为，只要我们不抱有敌意，所有动物都是很友好的。我们可以主动示好，但仍要保持警惕，晚上可以在室外给它们放一碗牛奶或一条腌鳕鱼，鳕鱼它们可爱吃了。慢慢地，它们就会愿意让人抚摸，甚至愿意在小屋里睡觉，这能大大提升室内温度。一两只和普通的拉车马一般大小的北极熊，可以产生很多热量。"

"说到热量，"乔治娜说，"我建议我们把自己的行军床搬到这儿来过夜，还要保持火不灭，否则没人能活下来去讲述这个故事。我们可能是地球上仅剩的人类。"

壁炉上的黄铜钟表明已到午时，但微弱的太阳并没变得更亮，降雪也没有减弱的迹象。外面的树上积满了雪，有一两棵香蕉树已经被厚重的雪压塌了。

安娜·沃茨去厨房拿了些干面包，扔在走廊上给鸟吃。

"它们冷得不行，可怜的小家伙，突然就没东西吃了。"雪地上有一些鸽子、麻雀和几只乌鸦在四处觅食。树上的鸟儿刚开口叫了几声就停下了，不知道现在是白天还是晚上。要不是有黄铜钟，我们自己都分不清。

乔治娜锁上了所有的门，以防甘比医生过来，他有可能反对我们生火。

"如果他现在过来开始他可怕的布道，"乔治娜说，"我们最好把他绑起来，堵上他的嘴。毕竟是二对六。"

我开始担心起卡梅拉，她答应过会在中午到达。路应该已被雪覆盖，可能开车很难通行。

也许她睡过了，毕竟十一点时，我还以为刚破晓。

越来越多的鸟聚集在草地上，其中胆子最大

的几只蹦到走廊上，开始啄食面包。我们很诧异地看到一只巨嘴鸟和几只鹦鹉也来了，还有一些海鸟，比如海鸥、鹈鹕以及住在热带地区海岸的小白鹤。

很快，我们都站在床边看着这景象。在暗淡的暮色中，很难看清鸟的种类，不过靠得近的那些，有雪的映照，还是看得很清楚的。

突然，大门门铃高声响了起来，最靠近房子的鸟惊慌飞走。乔治娜陪着我走到大门口。我们很高兴地看到卡梅拉的淡紫色豪华加长轿车停在大门口。

"把门打开，"卡梅拉说着，将脑袋探出一个窗口，"我们必须把车开进花园，车头灯还有用，因为可能会有一段时间没电。"

我注意到她戴了一顶俏丽的淡紫色假发，以便和车搭配。我觉得，比起之前那顶红得太扎眼的，这顶假发更适合她。费了好大力气，我和乔治娜终于气喘吁吁地打开了那沉重的双扇门，唐阿尔瓦雷斯·克鲁斯·德拉塞尔瓦死后肯定就没再开过。麻将把车开进院子，车在院子里蛇行了一段后，停了下来。雪已积得太厚，无法将车开进花园。

"停这儿也可以，"我告诉卡梅拉，"因为我们已经占领了起居室，不打算放甘比夫妇进来。当然，除非他们抱着善意而来。"

"好极了，"卡梅拉说，"如果我们聚集在一个地方，就更方便节能了。"

麻将打开后备厢，又响起了悠扬的萨达纳舞曲，他已经开始把里面的各种箱子拿出来。车里面也塞得满满的，有羊皮斗篷、长筒靴、油灯、油、雨伞、帽子、毛线衫、种着植物的花盆，还有十二只不安的小猫，我高兴地发现里面还有我的那两只。

卡梅拉一打开门，所有的猫都跳下了车，发出愤怒的嘶嘶声，四处逃窜。"它们很快就会冷静下来，到房子里来。"卡梅拉说，"我预先在我的斗篷里放了点儿鳕鱼干，这样通过气味，它们就能轻松找到我了。它们不会丢的。"

麻将把箱子一个个搬进房里，而卡梅拉手拿一张长长的单子，他搬一样，她就划掉一项。

"蘑菇孢子。豆荚、扁豆、干豌豆和大米。草籽、饼干、鱼罐头、各种甜酒、糖、巧克力、棉花糖、猫罐头、面霜、茶、咖啡、药箱、面粉、紫罗兰胶囊、汤罐头、袋装小麦、工具筐、镐、烟草、可可、指甲油,等等。"这些物资足够用来应对一场围城了。

"只待天空放晴,我们就使用天文图,"卡梅拉说,"然后我们就会知道到底发生了什么。过去几个月,我和一个学天文的学生成了朋友,他向我详细解释了这东西该怎么用。"

"你所说的极点改变可能是对的,"我说,想到了克丽丝特布尔给我的奇怪谜语,"从昨天早上到现在,太阳就没升起来。"

"如果你有钱,人们会变得十分亲切,这真让人吃惊,"卡梅拉若有所思地说,"那个搞天文的其实想娶我,不过由于他只有二十二岁,我想这也太冒失了。无论如何,我也不想再结婚了。"

我们把所有物资堆放在起居室里。室内还不够暖和,但甘比太太放在橱柜里的木材并不多,不知道是否还能再撑一天或一晚。没有煤炭，因为在此之前，夜里烧木材就已经足够温暖了。

卡梅拉给每个人发了羊皮斗篷、高筒靴、羊毛袜和帽子。我们看上去就像一帮北极探险家，被困在北极圈长达半个世纪。

"麻将负责厨房，"卡梅拉说，"他是个精打细算的厨师。"

"甘比太太怎么办？"乔治娜说，"她会誓死保卫厨房的。"

"先见机行事吧，说不定她很乐意摆脱这件差事。"

就这样，我们在起居室安顿了下来。下午还没到四点，夜幕就开始降临，雪停了。

云慢慢散开，露出澄澈的星空。卡梅拉拿出天文图，我们全体走到花园观星。天文图是一个硬纸板做的圆盘，上面画着从我们的角度出发所看到的星图，其上还旋转着另一个塑料圆盘，画着从我们的角度看不到的星星。纸板的圆周好像有一个复杂的月份和时刻系统，以某种方式，正好可以和星辰对应。圆盘中间是一个小圆孔。

卡梅拉熟练操作着圆盘，很快就找到了日期和时辰。

"必须通过圆盘的中心来看北极星，"她告诉我们，"这样就能找到其他天体的位置，它们全都在运动。只有当地球的两极倾斜到足以完全改变它们的磁场时，才会看到北极星在移动。"

我脑海里有个似乎并不属于我的声音在吟唱：

> 你不停旋转，我立定如峰
>
> 我坐着看你，一声不吭
>
> 若你足够倾斜，帽子将变腰带
>
> 做了新帽，旧帽便消融不再
>
> 虽然无腿，你的旋转将显得蹩脚
>
> 我似乎动了，但没有，我的姓名谁知晓？

答案当然是北极星。要是没有天文图，我绝对想不出来。不过我记得，我们刚买下天文图时，就被告知中心必须对准北极星。

卡梅拉借着火把的光研究天体盘。北极星已找到，但其他星座都偏离了正确的位置。

奇异的灰白闪光不时照亮天空。虽无一丝风，树却在摇曳，厚重的雪从树枝上滑落地面。随后我们看见，以天空为参照，房子在移动。仿佛有强风撼树，但冷空气是静止的。积雪开裂，房子仿佛在痛苦呻吟，我们听见各种东西纷纷掉落。

"地震了！"乔治娜大叫，一把抓住韦罗妮卡·亚当斯，以避免摔倒，"看那塔楼！"

那部分建筑突然射出红光，像着火了一般。巨大的石头塔楼摇来晃去，响亮的破裂声刺破空气，墙面开裂，就像碎掉的蛋。一条火舌如矛一般从裂缝中刺出，一个像鸟一样的带翼生物出现在我们面前。它在塔楼的裂口停留了一会儿，让我们得以一瞥这超凡之物。它的身体发出闪亮的光芒，那是人类的身体，但全身覆盖着发光的羽毛且没有手臂。身上长出了六只巨翼，翅膀轻颤，已准备好起飞。接着，它发出长长的高声大笑，跃入空中，飞向北方，直至消失在我们的视线外。

曾活在一座山或一块石头中

我如鸟般飞翔，但我不是鸟这一物种。

塞菲拉，但此子之母是谁？

我看见克丽丝特布尔面带怪异的微笑看着我，我不假思索地说："地球是第一个谜语的答案，第二个谜底是北极星，第三个是塞菲拉，但它的母亲是谁，我不知道。"

她放声发出嘎嘎大笑，但只有我听见了她的笑声，其他人正忙着看那六翼的塞菲拉。

"跟我来吧，"她说，"你将认识塞菲拉之母，塞菲拉现已逃去各国散播恐慌：

沉睡的看守现在将醒来

而我将再次飞越他们的属地

谁是我母亲？谁能破解我的姓名之谜？"

我们离开了仍在凝视天空的人群，往塔楼走去。一切都静止了，天空乌云密布，即将迎来更多降雪。我们走近时，巨大的裂口还冒着一股股浓烟，我觉得塔楼肯定着火了。地震震断了门上的铰链，我们得以从大门进入。空气中弥漫着浓烈的硫黄味。

"上还是下？"我们进来后，克丽丝特布尔问道。一节蜿蜒的楼梯通向楼顶。部分台阶已经坍塌。通过墙上的巨大裂口，可见夜空，流云正汇聚成团。脚下也大张着一个裂口，台阶没入下方的黑暗之中。从地下吹上来的一股热风，打在我们脸上。

上还是下？回答前，我身子前倾，想看看黑暗里有什么。什么都看不到。

随后我向上看去，只见几颗明亮的星星在碎裂的云层中闪烁。看上去遥不可及，寒冷彻骨。

"下。"我最终回答，就因为地心传来的那股热风。葬身火海还是比在楼顶冻死来得好。

我本可以转身离开，但好奇心战胜了恐惧。

"你必须独自下去。"克丽丝特布尔说，我还没来得及回答，她就消失在夜色中。

要是天气没那么冷，我可能当时就回去了。我害怕极了。那一刻，一股阴风吹入我的斗篷，促使我踩上了石阶，开始缓慢地向下走。

台阶相当宽。尽管如此，我还是很怕会摔下去，因为实在是太黑了，伸手不见五指。不过，我在黑暗中摸索，找到了墙，于是便贴着墙往下走。

台阶一度直直地往下延伸。然后，我就碰到了一个急转弯，墙面圆滑，似乎被很多手摩挲过，就像此刻的我所做的一样。小心翼翼地转过弯，摇曳的微光驱散了黑暗，好像是火光。又下了二十来级台阶，地面变得平坦，路变成了一条长长的走廊，顺着走廊向远处看，可以看见下面有一个从岩石中凿出的巨大圆形洞穴。石刻柱支撑着一个拱顶，被石室中央的火微微照亮。火就这样烧着，似乎没有燃料，直接从岩石地面的凹陷处蹦出了火焰。

走廊尽头还有最后一段楼梯，向下通往那巨大的圆形洞穴。走下台阶，我能闻到硫黄的味道。这个洞穴如厨房一般温暖。

火焰旁坐了个女人，她正在一口巨大的铁锅里搅拌着。她看上去很眼熟，但我看不清她的脸。她的衣着以及低垂的头让我感觉我们之前常常见面。

我走近火焰，女人停止了搅拌，起身迎接我。当我们面对面时，我感觉我的心脏抽了一下，停止了跳动。站在我面前的是我自己。

确实，她没我那么佝偻，所以看上去比我高一些。她可能比我大一百岁，也可能比我小一百岁，看不出年龄。她的五官与我相似，但她看上去比我艳丽多了，也更聪明。她的眼睛既不浑浊也没充血，而且她行动自如。

"你花了很久才到这儿。我还担心你也许永远都不会来了。"她说。我只能嗫嚅、点头，感觉自己的年纪就像一堆石头一样压着我。

"这是什么地方？"我终于问出了口，全身发抖，感觉自己可能会突然跪下，沉重的身体会把膝盖压碎。

"这是地狱，"她微笑着说，"但'地狱'只是一种说法。其实，这里是世界子宫，万物皆来源于此。"她停了下来，探询地看着我。我看得出她想让我问问题，但我的脑子一团糨糊，就像一块冻羊肉。我突然想到一个问题，虽然觉得荒谬，我还是问出了口："如果我去的是塔顶，会碰见谁？"

她大笑，我听见了自己的笑声，不过我的笑绝不可能这么欢乐。

"谁知道呢？或许是好多拨动竖琴的天使，也可能是圣诞老人。"

问题一个个冒了出来，根本不受我控制，且一个比一个蠢。"我们俩，哪个才是真的我？"我大声问道。

"那是你必须先决定的事，"她说，"等你决定了，我会告诉你该做什么。"

"还是你想让我来决定，我们俩之中谁是我？"她问。我觉得她看上去比我聪明多了，所以哑声回答："是的，夫人，还请您决定，今晚我的头脑不如往常清楚。"

她上下打量着我，从头到脚，然后从脚到头——挑剔的眼光，我想着，最后，她开口说话了，仿佛在自言自语："年长如摩西，丑陋如塞特，犟得像皮靴，比木柱灵光不到哪儿去。然而肉少有，那么跳进来吧。"

"啥?"我说,希望自己理解错了。她严肃地点头,把长木勺放进汤里。"跳进肉汤,这个时节,肉罕见。"

我惊恐万分,默默看着她削了一根胡萝卜和两颗洋葱,扔进冒着泡的锅里。我从未装腔作势地声称要死得光荣,可我也算不到自己最终会变成一锅肉汤。她削蔬果的随意姿态有一种让人胆寒的邪恶——那些蔬果可是要为我的肉汤增味的啊!

随后,她在石地板上磨着小刀,带着一脸亲切的微笑向我走来。"你肯定不会害怕吧?"她说,"怎么了呢?花不了多长时间,毕竟,这是你自己的决定。没人迫使你下到这儿来,不是吗?"

我试着点头,同时后撤,可我的膝盖抖得不行,结果我没有走向楼梯,而是哆哆嗦嗦地横移,离锅越来越近了。瞅准时机,她突然把锋利的小刀插进了我的后背,我痛苦地尖叫,直接跳进了沸腾的汤里,一瞬间,灭顶的痛苦席卷而来,我和我郁闷的同伴——一根胡萝卜、两颗洋葱,一起被熬成了浓汤。

一阵巨大的隆隆声后又传来了碎裂之声，而我站在锅外，搅拌着浓汤，可以看见锅里自己的肉，脚朝上，愉快地沸腾着，跟一块牛肉没什么区别。我加了一撮盐和几颗胡椒粒，然后舀了一勺到我的花岗岩盘子里。这汤不如马赛鱼汤美味，就是普通肉羹，但还算可口，最适合冷天喝了。

纯属好奇，我在想我到底是两人中的哪一个。我知道我有一块打磨过的黑曜石，就在洞穴的某个地方，我环顾四周，想用它当镜子。啊，就在那儿，还是老地方，挂在蝙蝠巢旁。我看向镜子。首先出现的是塔耳塔洛斯圣巴巴拉修道院院长的脸，她嘲讽地冲我咧嘴笑着。女院长消失了，接着我看到了蜂后的大眼睛和触须，她冲我眨眼，然后又变成了我自己的脸，看上去稍微没那么沧桑了，可能是因为黑曜石的黑色表面。

我伸长手臂拿着镜子，仿佛看到了一个长着三张脸的女人，三双眼睛争先恐后地眨动。一张脸是黑的，一张是红的，还有一张是白的，它们分别

属于女院长、蜂后和我自己。当然，这很可能是一种视错觉。

喝完热腾腾的肉汤，我感觉好极了，精神焕发，轻松了不少，似乎卸下了压在心头的大石，这就像很久以前，我最后一颗牙齿掉落时的感受。我把我的羊皮斗篷套在身上，沿着石阶向上走，用口哨吹起了安妮·劳里[1]的歌，我还以为我好早以前就已经忘记了。

自从某人摸索着下了楼梯后，仿佛已经过了若干年，现在，我像山羊一样敏捷地向地上世界攀爬。黑暗不再是可怖的死亡陷阱——我随时都可能坠入的死亡深渊。

很奇怪，我像猫一样有了夜视。我加入了阴影的行列，成为暗夜的一部分。

室外，大雪再次飞扬，已经用白色覆盖了残破的养老院。房子彻底坍塌，只剩下两面破墙矗立在解体的建筑之上。建筑物肯定是在第二次地震后倒塌的，两次地震间隔时间很短。我平静地凝视着

1　安妮·劳里（Annie Laurie，1924—2006），美国蓝调音乐歌者。

眼前的废墟。

我的伙伴们在白雪覆盖的草坪上生起了一大团篝火，她们伴随着克丽丝特布尔的手鼓声，绕着篝火舞蹈。好像是个保暖的好办法。

甘比夫妇肯定被埋在了废墟下的某个地方，但没有任何动静，碎石和灰泥被雪温柔地覆盖着。

我兴奋不已，感觉自己很神秘。我加入了她们，一起绕着篝火舞蹈。已弄不清现在是几时几刻，太阳不再升起，日夜融为一体。

"汤好喝吗？"克丽丝特布尔一边击鼓一边对我大喊，其他人大笑，一起又问了一次："汤好喝吗？"

于是我明白了，她们全都知道在塔楼的地下洞穴中发生了什么。我们的身体都热乎了，于是停止舞蹈，想喘口气。

"你们怎么知道我喝了肉汤？"我问她们，她们全都笑了。

"你是最后一个下到洞穴的人，"克丽丝特布尔说，"我们全都去过地下世界。你碰到了谁？"

这都是照例要问的问题，我明白我必须实话

实说。

"我碰到了我自己。"

"还有谁?"克丽丝特布尔问,此时,我的同伴们正在有节奏地鼓掌。

"塔耳塔洛斯圣巴巴拉修道院院长,还有蜂后。"我回答。随后,好奇心促使我突然发问:"你们碰见了谁?"

她们齐声说:"我们自己、蜂后,以及塔耳塔洛斯圣巴巴拉修道院院长!"

接着我便和她们一起尖声大笑,继续伴着手鼓声舞蹈。

没人知道太阳再次升起时,已经过去了多久,但它总算是升起来了,惨白的光在地平线上闪耀,照在这个已被雪和冰改变的世界上。

地震导致目之所及全是白茫茫的废墟,看不到一栋矗立不倒的完整房屋,很多树也被连根拔起。卡梅拉的司机麻将也是地震幸存者。他躲在淡紫色的豪华加长轿车里,车只有引擎损坏了。紧张的猫从不同的角落跑出来，十二只，整整齐齐，毫发无伤。我们借着日光在房屋的废墟里搜寻任何能找到的食物。

我们转移到了那个地穴里，因为有岩石里冒出来的火，那里很暖和。克丽丝特布尔解释说，这是天然气，会永远燃烧。地上花园里咕嘟冒泡的温泉就源于塔楼之下的岩层。

这里已没有任何汤的踪迹，火上只有一口废弃的铁锅。墙上挂着一块打磨过的六棱黑曜石，我们都知道那可以用来做镜子。

昼夜切分不均。太阳从未升到最高点，正午十二点左右就落下了。地球似乎正在轨道上跛行，尝试在新秩序中找到平衡。

很快，我们就在地穴里舒适地安顿了下来，十二只猫和麻将（他说话全用中文）也在。还有一些食物，不过还有很多行李箱都没法从建筑废墟下挖出来。我们的口粮差不多只有几袋扁豆、小麦、蘑菇孢子和一些被压烂的棉花糖。

淡紫色的豪华加长轿车是修不好了，而且在

深达几米的雪地里也起不了什么用。我们时常走出地穴，但一个人都没见到过，鸟和动物倒是很多。鹿、美洲豹，甚至猴子都从山上下来了，在这片区域寻找食物。我们没想过猎捕它们。新冰河时代的序幕不该是对同胞的猎杀。

　　麻将运了些土到地穴，那是他在温泉附近挖的，那里的雪非常柔软，不像别处冻得硬邦邦的。我们种了一大片蘑菇，它们在温暖潮湿的环境中茁壮成长。这就成了我们的日常饮食，而且我们会小心地留一块地方种孢子，以免作物减产。我们还不时种些小麦，发芽了就可以吃了，但没有阳光，小麦无法繁殖。一天，我们看见一些山羊在温泉边吃草，那里的雪地上还长着一些细枝和小草。这个意外收获让我们和猫喝上了新鲜的奶。我们从树上折了些树枝来喂山羊，它们后来也住进了地穴，时不时到地面上寻找食物。

　　每一次太阳升起，我们都会去废墟里找食物，这样的努力偶尔会有收获——一些被压扁的沙丁鱼罐头或几把米。

一次破晓时分——我们不再用"白天"这个词了，我正忙着在一块冻土（好像是件家具）下挖掘翻找，突然，我看到了一个如此不同寻常的景象，甚至连东翼一堵墙上的乌鸦都受惊飞走了。

　　邮差沿着曾经是大道的模糊小径走了过来。他穿着普通邮差的制服，背着邮差包。他身上最引人注目的东西就是挂在肩上的那把吉他。"早上好，"他说，"我这儿有寄到这个地址的信。"他递给我一张明信片，图上是大理石拱门¹ 和几名救生员。

　　这封意义非凡的信函写着：

　　　　尽管天气严寒，但一切安康。众人于海峡上滑冰，真乃奇景。近日，夫人与我于多佛尔白悬崖边观看了冰上曲棍球赛。望您康健。

　　　　此致
　　敬礼！

　　　　　　　　　　　　　　　马格雷夫

1　伦敦的标志性建筑。

"现在的邮递速度当然都很慢了，因为我得从英国拿好多信过来，"邮差说，"我是走过来的，更确切地说，是滑过来的。"

"有很多幸存者吗？"我问。

"不是太多，"邮差说，"大部分大城市都被可恶的雪人占领。他们不作恶，只是像其他人一样，到处搜寻食物。"

"你务必下来喝杯热羊奶，"我对邮差说，"我们都很想听听现在正在发生什么。我们好久没见过其他人类了。"

"那我就不客气了。"邮差说道，搓着手跟在我身后。

下到地穴，安娜·沃茨正在用羊奶煮蘑菇，乔治娜和韦罗妮卡·亚当斯正在制作一架纺车，用来纺山羊毛。很快，外出搜寻埋在地下的蔬菜的卡梅拉、侯爵夫人、克丽丝特布尔和麻将都回来了。他们找到了一些胡萝卜，还有给山羊的冻干草。

"我名叫塔利埃辛，"邮差说，"我一生都在送信，而这一生真的很漫长。"

安娜·沃茨给了他一杯羊奶蘑菇汤。他在火边坐定，开口说道："所有大洲大洋都被地震波及，地震之强，房屋、城堡、茅舍和教堂皆被夷为平地。这一切都发生在连续几天的降雪和暗无天日之后。一些地区还炸响了惊雷，下起了暴雨，雨还未落下，便在空中冻结成冰。如摩天大楼一般的雨柱矗立在雪原。真是难得一见的奇景。成群的野生动物和家畜在城市奔腾，同时发出各自不同的叫声，寻找着可以躲开起伏地壳的庇护所。有些地方，地底冒出火来，天空中也出现了各种异象。活下来的人类大多都惊恐万分，但仍有一些忠义之士试图营救倾倒的城市下还活着的数百万受灾者。人口多的地方，惨象环生。"

"圣杯如何了？"克丽丝特布尔问。

"在爱尔兰，"塔利埃辛回答，"西海岸的地震太过猛烈，飞沙走石被卷到几英里高。六百多处的火山喷发，人畜被卷入雪与岩浆混合而成的致命浓汤。鼹鼠、老鼠和死鸟如雨般落下，拍打在屋顶上，动物死尸铺满街道和乡村，厚达一码。在接连不断的末日天灾中，圣殿骑士团的古老城堡——康纳堡，如风筝一般，被大风刮上了天。秘药室被撕成碎片，圣杯和其他东西一起被卷上了天。这神圣的容器完好无损地掉在一间一半已遭损毁的农舍的稻草屋顶上。一个农妇捡到了它，将它放在木柜里，交给了教区牧师——他也是灭顶天灾的幸存者。神父叫欧格雷迪，他觉得这个圣杯就是教堂用的圣餐杯，只是造型有些古怪；他将杯子带去了都柏林，几位主教和几名耶稣会士正躲在那儿的一个酒窖里避难。撕碎康纳堡的爆炸暂时驱散了封闭空间里一直聚集在圣杯周围的力量。这是一条魔法法则，几乎适用于所有灵物。因此，圣杯被装在塞着稻草的箱子里，像普通古董一样被评头论足，神职人员如此亵渎圣杯，却没受惩罚。然而，耶稣会士中有一位名叫鲁珀特·特拉菲克斯的学者，他认出了圣杯古怪的造型。当他从欧格雷迪那儿得知杯子是在康纳堡周边找到的，他的怀疑变成了确信。部分学者知道那座塔楼曾是圣殿骑士的古老住所。

　　"黑暗被正午的阳光驱散，太阳在不列颠群岛上空照耀了二十九个小时。这名耶稣会士携带圣杯逃往英格兰。此举不费吹灰之力，因为主教和剩下的耶稣会士空腹灌下了许多酒，醉得不省人事。爆炸发生时，我就在康纳堡附近，我追随圣杯去了都柏林，随后又去了英格兰。

"在英格兰银行之下，深埋地下的金库是各种权贵的庇护所，比如政客、富商、将军，当然还有教会的显要人物。上一次核战期间建造了一座地下城，用来庇护政府认为宝贵的生命。当然，这座地下之城的存在是机密，以防被恐慌的普通民众入侵。那里就是耶稣会士鲁珀特·特拉菲克斯的目的地。

"在汉普斯特德荒原附近有个洞穴，一个女巫团会在那里举行秘密仪式，以防受法律侵扰。自古以来，女巫就在洞穴里跳舞，逃过了战争和迫害；有许多次，被人追捕时我就躲在女巫那儿，她们一直礼貌、和善地接待我。你们肯定知道，数世纪以来，我的使命就是传递未经审查的消息，不论阶级和地位。这使得这个星球上的所有当权者都不待见我。我的目标是帮助人类认识到，他们正被追求权力的人奴役和剥削。

"因此，抵达伦敦后，我立刻躲到汉普斯特德荒原上的洞穴里，和女巫待在一起。我在那里得知，有一条通道可以到达英格兰银行下方的地下城。

"当我告诉女巫团圣杯已降临大不列颠岛，她们激动万分。我们想了各种方案，试图再一次夺得圣杯。你们知道，只有将盛满精气的圣杯归还圣母，她才会在角神的护送下重返地球。

"虽然我们制订了各种巧妙的方案，但我们无法靠近圣杯。最后，我们的密探告诉我们，在几名便衣警察和耶稣会士鲁珀特·特拉菲克斯的护送下，圣杯乘水上飞机离开了英格兰。再后来，圣杯就来到了这里的高原；据了解，美洲大陆这一块的地震及火山喷发都相对温和。复仇天父的信众当然一心要将圣杯牢牢握在手中，一小撮核心成员知晓圣杯的魔力。这些特别成员明白，如果圣母重获圣杯，他们对人类的催眠之力将无法持久。鲁珀特·特拉菲克斯便是其中一个了解圣杯完整来龙去脉的人。

"这便是为何我身在此处，仍在寻找圣杯。"

信使说完这则重大消息后，有一刻的静默，随后安娜又为我们续上了羊奶蘑菇汤。

"我们必须即刻制订计划寻回圣杯，将其送还圣母，"克丽丝特布尔说，"她在核战后的逃离是对我们这一代人的致命一击。如果这个星球想和它孕育的生命一同存活，我们必须诱使她回来，如此一来，善意和爱才会再次充盈整个世界。"

"圣杯就在几英里远的市区里，"塔利埃辛说，"愤怒的天父仍活着的信徒已得知它就在这个国家，他们终会来到这里，试图挽救他们装神弄鬼、该遭天谴的宗教残余。"

"愿蜂后为圣杯装满精气。"克丽丝特布尔狂热地说道。

"在欧洲，狮子最终占领了诸国，绝望的独角兽逃往了天狼星。"塔利埃辛神秘地说。他的话让我们流动的血液都变凉了。

"独角兽离开了！"克丽丝特布尔惊呼，当时只有她深刻理解这则噩耗的重要性。塔利埃辛低头答道："可憎、可悲的人类。"

"我们要如何夺回圣杯?"乔治娜焦躁地踱着步问道,"必定有人严密看守吧?"

"我们将通过炼药、净身来求得圣赫卡忒的神谕,"克丽丝特布尔说,"我们得找到曼陀罗叶、麝香和马鞭草,并在必不可少的净身后,调制一瓶强力汤剂。这个城市里肯定能找到有这些东西的药房。塔利埃辛和麻将一定要在夜幕降临后出发,寻回这些原料。"

大家一致同意;唯有向女神祈祷,我们才有机会搞清楚我们要如何取得圣杯。

塔利埃辛和麻将从破烂的豪华加长轿车上拿了些东西武装自己,随后便向城市进发了。乌云密布,酝酿着下一场暴雪,一弯苍白的月牙在云层中穿行。

克丽丝特布尔正在为降神会练习简单的净身,羊群中突然出现了一阵明显的骚动。它们奔向地穴最黑暗的深处,开始惨叫。我们听见远处仿佛有一大群狗在嚎叫。

"那些可怜的小家伙肯定饿惨了,"安娜·沃茨听了一会儿后说道，"我们得给它们弄点儿食物。"随后她就开始用熟米饭、一些牛奶熬汤，还加了点儿沙丁鱼，以增加风味。

汤煮好后，安娜和侯爵夫人将大锅抬到地面上。狗群的嚎叫声越来越近，在我听来，它们的声调中有某些不同寻常的东西。安娜和侯爵夫人最终回来时，锅空空如也。

"可怜的小家伙，"安娜说，"我从没见过如此焦躁、饥饿的狗。想想吧，它们都是阿尔萨斯犬，但我没法把它们逗过来，摸摸它们。它们就像饿了好几个月一样扑向食物。人们就这样抛弃了他们的宠物，真是可耻。他们全想着保住自己的小命，任由他们忠心的可怜小狗成群逃窜，忍饥挨饿。"

安娜说完，我们都盯着楼梯脚。有一条狗跟着安娜进来了，那是一条巨大的灰色阿尔萨斯公狗，眼睛神经质地转动着。我站了起来，向它走去，巨兽紧张地退到一边。缩成一团的山羊发出凄厉的哀嚎。这不是狗，而是一只大灰狼。

很明显，这匹狼是群狼之首。它比其他狼更

勇敢，冒险走入温暖的地穴。我们扔了些鱼干给它，它一口吞下，警惕地斜眼看着我们所有人。

"它真是可爱得让人毛骨悚然，"乔治娜说，她已经远远地退到了永恒之火的另一边，"我想它很快就会把一个人的脖子咬断。"

安娜不断靠近那匹狼，她似乎渴望被咬："可怜的孩子！他们要把它饿死吗？唉，人类对待狗的方式，真是太可耻了。毕竟没人如动物那般美好。只有狗能做到真正的理解。"没人能让安娜相信这不是狗，而是来自远方森林的野兽。

狼群仍在外面嚎叫，我能听出它们改变了腔调，头皮轻微的刺痛感让我察觉近处有一种新声音，而且很怪异地让我想到了馅饼。虽然我仍需要我的号角，不过，我最近突然有了预感声音的能力，我可以在之后用号角将听到的东西转译出来。

"今天肯定不是圣诞节吧？"卡梅拉说。随后我才意识到，狼嚎中掺入了许多小铃铛的叮当声，现在地穴里的人都能清楚听到。那匹狼竖着耳朵，静立等待。

"亲爱的！这简直和这天气完美契合，"乔治娜说，"亲爱的圣诞老人随时都会逛过来，给我们送来礼物，给这个地方带来欢愉。"

事实上，现实几乎就是如此。几分钟后，我们听到了一连串刺耳的哨声，还有一个仿佛来自宇宙尽头、时间初始的声音叩响了石阶："庞蒂法克特！庞蒂法克特！你在干什么！你这匹调皮的小狼！立刻到爸爸这儿来。"

马尔伯勒的声音总是比其他人的嘹亮。即使在我最聋的时候，我也能听见他在几个房间之外说话。他突然出现在台阶上，虽然某些地方变了，但感觉比以往任何时候都更像他自己。他穿着褐红色的天鹅绒服装，衬里是深色皮草——恰巧是黑貂皮[1]。一顶方形高帽压得低低的，遮住了他枯瘦的脸。一小撮长胡子就快触到他潮湿的网球鞋的脚趾部位了。他的双肩上各立着一只白隼。

现在，这匹狼表现得就像一只被遗弃的猎犬。它滚倒在地，举着四条腿，发出愉快的呜咽。

1　黑貂皮（sable）一词也有深褐色之意。——编者注

"马尔伯勒！"我惊呼，"我以为你还在威尼斯！"

"亲爱的，"马尔伯勒说，那语气，仿佛我们昨天才见过，"我苦寻了你好久，不过，我最终在一家面包店里看到了卡梅拉依然活蹦乱跳的侄女。这城市真的很美。所有难看的房屋都倒塌了，所有东西都挂上了冰锥，看上去就像长了牙。怪异，难以言表。"

"你怎么从威尼斯来这儿的？"我问，"还有，你的妹妹怎么办？"

"阿努贝丝[1]自然是和我一起来的，"马尔伯勒说，"她在楼上的方舟里。我想在我介绍她之前，还是要让你有点儿准备。或许会吓你一跳，不过我知道，你也没指望见到一个多正常的人。请小心，别伤了她的心。毕竟，你自己看上去也不是平凡之辈。"

我将马尔伯勒介绍给我的六位伙伴，他在地穴里四处观摩，不停赞叹："真是完美到精致的比例。仿佛置身金字塔。亲爱的，如果你在那边那个

1　阿努贝丝（Anubeth），指涉埃及神话中的阿努比斯（Anubis），他是掌管木乃伊制作与死后生活的神，狗头人身。——编者注

角落挂张长一些的有独角兽图案的哥白林窄地毯，就能制造一种迷人的错视效果，但我想是不是会被山羊吃掉？"

"此刻，我们什么样的哥白林地毯都没有，"我说，"不过在我们弄到哥白林之前，有一捆品相尚佳的稻草，或许可用。"马尔伯勒停下来抚摸山羊，它们还在角落里瑟瑟发抖。当庞蒂法克特跑到主人身边时，羊群再次陷入恐慌。

"它们真是怕得不行！可怜的山羊，可怜的漂亮小家伙，亲爱的庞蒂法克特不会伤它们分毫。"马尔伯勒喃喃说着，声音轻柔，以示安慰。山羊可听不进去。"亲爱的庞蒂法克特谁都不会伤害。狼真的比狗更聪明。而且庞蒂法克特的父亲是只羔羊，是吧，亲爱的？"

"我可太喜欢你的行头了。正宗香奈儿，"乔治娜对马尔伯勒说，"什么都比不上黑貂皮，时髦得紧。我猜它的价格也高得吓人吧？"

"我真的不知道，"马尔伯勒说，"这是切莉娜·斯卡拉蒂公主送我的礼物，因为我以单声圣歌为她写了首闺房奏鸣曲。这件衣服本来是给她自己做的，她当时想在梵蒂冈组织一场华丽的化装舞会，以帮助贫困的女同性恋者。但古板的教皇并不喜欢这个提议。"

"马尔伯勒，"我说，"你觉得你该把你妹妹留在外面那么久吗？她肯定冷得不行。"

"阿努贝丝十分有耐心，"马尔伯勒说，"而且方舟有中央供暖系统，我们已经在里面住了几个月。我们经由加拿大上岸，就是因为那些狼。阿努贝丝非常喜欢狼。你后面会理解的。当时待在威尼斯，她已经寂寞难耐了。然后雪下起来了，她仿佛受到了召唤。"一切都神秘莫测。我已经开始期待与马尔伯勒妹妹的会面，好奇又害怕。

"或许我们最好还是邀请她下来吧，"我说，"把她一个人留在地上世界似乎不太礼貌。"

在我们向上爬楼梯的过程中，马尔伯勒跟我说了他们如何从威尼斯出发，经意大利、法国、英格兰，最终越过北海抵达加拿大。

塔楼外矗立着马尔伯勒的方舟。我得说这真

是此生难忘的奇观。它像雪橇一样装在滑板上，但除此之外，它就像文艺复兴版的挪亚方舟，镀金、雕花并喷涂上了靓丽的色彩，就像一位疯癫的威尼斯大师创作的画。整个奇异的造物遍布铃铛，只要有风吹过，就会疯狂地叮当作响。

"原子动力系统，"马尔伯勒骄傲地说，"整个发动机可以装进一只鸡蛋大小的水晶盒里。它是最现代的移动交通工具。无须燃料，没有噪声。事实上，它就是太安静了，我只得装上铃铛陪伴我。你觉得如何？"

"无比奢华，"我羡慕地说，"我猜你是在威尼斯找人建造的？"

"我自己设计的，"马尔伯勒说，"吉卜赛式简洁和原子能的安逸。"

狼群绕方舟而坐，围成了一个半圆，仿佛在尽守卫之职。它们让我备感紧张，尽管马尔伯勒向我保证它们绝对温驯。我还在想着那些猫，庞蒂法克特一出现，它们就没了踪影。

"抱歉，我要唤我的妹妹了。"马尔伯勒说道。

他双手放在嘴边，发出了一连串令人毛骨悚然的吠叫。方舟内有人又吠叫了几声，以示回应，入口处的门打开了，门上雕刻着丘比特和普赛克在牡鹿和天鹅的环抱下拥抱，品位尽显。

"别害怕，"马尔伯勒说，"如果你让她看出你的异样，她就会变得非常紧张。"

我的想象力已经够无边无际了，但从方舟中现身的那人依然大大超出了我的想象。马尔伯勒的妹妹阿努贝丝是个狼头女。她高挑的身体比例完美，除了头，都是人的样子。她裹在一块闪闪发光的布里，细窄的脚上穿着如贡多拉一般的小巧尖头鞋。她站在方舟打开的门里，低声咆哮，露出白色尖牙。马尔伯勒以咆哮应答，我无法加入谈话。

"我的妹妹懂十种不同的语言，还会书写梵文，"马尔伯勒说，"但她的上颚有些异样，导致她发音有困难，所以我们总是对着彼此吠叫。不过你可以对她说英语，她能听懂。"

"幸会幸会，"我紧张地说，"十分欢迎你来到我们的住所。"马尔伯勒的妹妹咆哮了一下。后来，我能听懂一点儿狼语，但当时我觉得这场对话实在令人尴尬。

"阿努贝丝问你是否想看看方舟内部，"马尔伯勒说，"她是家政达人，我不得不说，她把一切打理得品位高雅。"

"十分荣幸。"我答道，僵硬地鞠了一躬。我发现面对阿努贝丝，人们会倾向于多少表现出礼节，她本人就气度不凡。

方舟内部就像吉卜赛人的鸦片幻梦。刺绣挂件设计精美，香水瓶的造型像有羽毛的异域鸟类，台灯像眼睛会滴溜溜转的螳螂，丝绒靠垫形似巨型水果，沙发上还趴着由珍稀木材和象牙精雕而成的美女。天花板上吊着各种制作成木乃伊的生物，造型精巧，宛若活物。

"阿努贝丝看到任何死去的生物都喜欢拿回来做防腐，"马尔伯勒说，"这是她的爱好。她用的是非常古老的埃及技术。我们全家人都很有艺术天赋。"

阿努贝丝咆哮着，伸手从天花板上取下一个非常怪异的动物让我细看。那是一只乌龟，长着婴孩般皱缩的脸，长长的细腿固定成奔跑的姿态。"阿努贝丝说这是一种拼贴艺术。威尼斯主停尸房的管理员送了她一具死婴，她就拿来做着玩了。腿来自死于严寒的鹳。这真的妙极了。我时常在想她是否该去画画。我确信她有天赋。"

说完，阿努贝丝和马尔伯勒用咆哮交流了一会儿，随后我们都围着一张小巧的玉石桌坐了下来，支撑玉石桌的是一条直立的紫水晶眼镜蛇。

"不得不说，你们把一切都打理得既舒适又有独创性，"我告诉马尔伯勒，"理想的旅游必定就是这样的。"阿努贝丝奉上了茉莉花茶和用小玻璃杯装着的法国利口酒，说是上等香槟，但喝起来一点儿都不像香槟。

"是的，"马尔伯勒正舒服地窝在几个油桃形状的丝绒靠垫上，他说道，"我们家族的人一直以来都酷爱旅游。以前你甚至把我比作燕子，来去自如。我相信我还继承了伯祖父伊姆雷的特点，他是一位匈牙利贵族，其母是著名的特兰西瓦尼亚[1]吸

1　罗马尼亚中西部地区，多有吸血鬼的民间传说。——编者注

血鬼。我从未告诉你我完整的家族史，原因众多，其中一个原因是在集体主义席卷匈牙利时，我发誓保密。如今真是凄凉，家族仅剩下我和阿努贝丝了。我之前说过，我和其他姐妹——奥黛丽、阿纳斯塔西娅和安娜贝尔关系紧张。她们都饱受同一种疯病的折磨；我跨越半个世界到她们各自的城堡拜访，目的是偷一台古早吸尘器，她们习惯以高昂的价格互借。她们都在大洪水中丧生。奥黛丽头朝下被冰封在闯入卧室的小冰山里。她仍举着一杯香槟，放在唇边，杯子已空。悲剧一场，但并非没有某种诗性正义。从生理上来说，只有阿努贝丝继承了伯祖父伊姆雷的特点。他是个狼人。"

"当然，我明白，集体主义者肯定都强烈反对狼人，尤其是因为他来自如此显赫的贵族之家。"我说道。阿努贝丝似乎很高兴，用长长的粉舌头舔了舔下巴。

"我们在匈牙利的财产被没收了，"马尔伯勒继续说道，"伯祖父伊姆雷被捕，关在笼子里于圣彼得堡示众，直至他羞愤而死，后来他们把他做成了标本，存放在自然历史博物馆里。这一切严重摧残了我们的家族自豪。我发表了一首简短、苦涩的哀歌，以缅怀伯祖父伊姆雷。你知道我们家族的狼人血统是不能为外人道的秘密，虽然我个人认为这是一种荣誉。"

"要是狼人灭绝，那就太可惜了，"我说，"毕竟一直以来，长着动物头的男神和女神不断给予我们启迪。"

马尔伯勒优雅地呷了一口茉莉花茶，抚摸着他长到不可思议的胡子。"事实上，正是为了阻止这样的惨剧，我们才开始了旅行，"他说，"你看阿努贝丝现在快八十了，我们决定趁为时未晚，让她结婚，以繁衍后代。因此，我们穿越加拿大找到了狼王庞蒂法克特，他很乐意结成这桩婚事。"

"等等，你在说什么？"我说道，备感震惊，"你的意思是？"

"没错，就是那样，"马尔伯勒说，"阿努贝丝现在已与你刚刚见过的狼王庞蒂法克特迈入了幸福婚姻的殿堂。他们很快就会迎来一窝幼崽。整个狼

群都臣服于庞蒂法克特，所以它们自然伴我们四处云游。"

我沉默了一会儿，默默消化这则惊人的消息。应该称那一窝幼崽为婴儿吗？小狼人？狗崽？我决定还是什么也别提，看看马尔伯勒怎么说。在某些事情上，他极其传统。

"我必须向你们表示衷心祝贺，"我对阿努贝丝说，"能看到新生命降临，我们都很开心。"

马尔伯勒告诉我，他和妹妹会继续住在方舟里，因为狼会吓着山羊，无疑也因为方舟比我们住的光秃秃的地穴舒适太多，他只是太讲礼貌，不好说出口。我请他们有任何需求尽管提，只要我们能满足，随后便留他们置身一股白色的姜味芬芳（从一只杜鹃标本的喙里飘散而出）中。

我小心翼翼地想走出狼群围成的半圆，它们都盯着我，我可不想惹恼任何一匹狼，狼的暴脾气可是臭名昭著。

我听见地穴里传来克丽丝特布尔的鼓声，说明麻将和邮差塔利埃辛回来了。他们成功闯入一家坍塌的药店，费了一番波折，所需原料都找到了。装曼陀罗叶的瓷罐不知怎的缺了口，还好里面的东西安然无恙。克丽丝特布尔为我们所有人净身，然后将三个罐子里的东西都倒入了沸腾的大锅中。

我们顺着月亮运行的方向跳起舞来，置身由锅里的曼陀罗叶、马鞭草和麝香蒸腾出的强力蒸汽里，伴随着克丽丝特布尔的鼓声，我们迅速陷入疯狂。山羊在我们外围腾跃，咩咩直叫。男人被禁止观看这场魔法仪式，于是塔利埃辛和麻将退回了地上世界。

> 贝尔齐·拉·哈－哈·赫卡忒来吧！
>
> 跟随我的鼓声降临我们之中啊
>
> 因卡拉·伊克图姆，我的鸟，是间谍
>
> 赤道上升，北极下坠。
>
> 埃普托卢姆，扎姆·波勒姆，增加之力
>
> 北极光和一群野蜂[1] 将至。

1　前文为大雁。

空气中充满了嗡嗡声和振翅声，数百万只大黄蜂在我们头上聚集，在沸腾的大锅上方形成了一个巨大的女人形状。构成女巨人的蜂群闪烁、摇动着。

"请讲，扎姆·波勒姆！"克丽丝特布尔大叫道，"扎姆·波勒姆，请讲！打开你野蜂蜜做的心，告诉我们要如何获得您的至圣之杯，才能让地球避免死在其中轴之上！说话吧，扎姆·波勒姆！"

那人形发出嗡嗡声，不停闪烁，接着，从那由数百万只蜜蜂构成的身体深处发出了声音，甜腻到让人难以承受，我们都感觉自己要溺死在蜂蜜中了。

"蜜蜂将再次在狮子的尸骸中筑巢。因此我的杯中将盛满蜂蜜，我将再次与角神塞菲拉，即北极星，我的丈夫，也是我的儿子，共饮。跟随蜂群。"

外围的羊群突然惊恐四散，原来是阿努贝丝加入了我们所围的内圈，她庄严迈步，手持一支点燃的熏香。

"我是阿努贝丝，狼群的至尊王后。我的子民愿意献出自己，来帮助你们拿回你们的至圣之杯，伟大的女神赫卡忒·扎姆·波勒姆！"她以狼语说道。女神发出百万种蜂鸣，蜂蜜如吗哪[1]从穴顶滴落。我们浑身沾满世间最甜美馥郁的黏稠之物，不得不把自己舔干净。

现在，蜂群散开，将女神的身体分裂成数百万块闪光碎片，沿台阶向上飞去。"跟上！"克丽丝特布尔喊道，于是还在跳舞的我们紧随蜂群而出。

接着，阿努贝丝的狼嚎响起，整个狼群都跟在我们身后，马尔伯勒的方舟也启动了，所有的铃铛疯狂响起，与蜂鸣相应和。

女神就是这样夺回圣杯的，带着一支由蜜蜂、狼、七个老妇、一名邮差、一个中国人、一位诗人、一艘原子能方舟以及一名狼女组成的军队。这或许是这个星球上有史以来最奇特的军队。

侯爵夫人负责这次进攻的军事组织工作，她命令狼群包围大主教的宅邸，圣杯就在里面。与此同时，我们要齐声叫喊我们遭遇了狼群攻击。门一

1　出自《圣经》，以色列人在荒野 40 年间，神赐给他们的食粮。

打开，蜂群就冲入宅邸，夺走圣杯，无论它被藏在何处。

一切按部就班。一听到我们齐声尖叫，大主教本人就冲下楼打开了门。蜂群拥有超自然的高智商，它们飞旋入屋，片刻后就带着圣杯回来了，它们将圣杯带到了地穴的某个隐秘角落，在身后留下了蜂蜜的痕迹，如雪上黄金，闪闪发亮。

几秒钟内，大主教就唤醒了全屋的人，很快，一群愤怒的教士和秘密警察就追到了花园。他们被狼群击退，狼群殿后，我们成功撤退。

我的故事到此结束。我忠实地将它记录在此，毫无诗意的夸张，或以任何其他方式夸大其词。

夺取圣杯后，阿努贝丝诞下了一窝六只小狼崽，它们的毛发长出来后，倒是好看了些。习惯真是个奇妙的东西，很快，狼崽就和猫崽愉快地玩耍到了一起，狼王庞蒂法克特则看着他快乐的幼崽，笑得一脸狼样。

冰河纪过去了，尽管世界冰封，但我们猜想某天花草会再次生长。与此同时，我在三块涂蜡板上记下每日发生的事。

我死后，阿努贝丝的小狼孩会继续记录，直到这个星球遍布猫咪、狼人、蜜蜂和山羊。我们都热切希望，对于刻意舍弃了女神精气的人类来说，这将是一次跃进。

根据卡梅拉的天文图，我们现在身处拉普兰曾经的所在地，这让我微微一笑。

阿努贝丝生下六只毛茸茸的白色幼崽的同一天，狼群里的一匹母狼也生产了。我们正想着训练它们拉雪橇。

如果老妇人无法前往拉普兰，那么拉普兰必要来到老妇人身边。

©Emérico Weisz

"我们绝不能让自己变成白日梦的囚徒。"